Symbolic
Expression
of the Epic Drama
Princess Wencheng

史诗剧《文成公主》的符号表达

何秋野　著

文化藝術出版社
Culture and Art Publishing House

图书在版编目（CIP）数据

史诗剧《文成公主》的符号表达 / 何秋野著. —
北京：文化艺术出版社, 2024.4
ISBN 978-7-5039-7539-4

Ⅰ. ①史… Ⅱ. ①何… Ⅲ. ①史诗剧—戏剧文学评论
—中国—当代 Ⅳ. ①I207.3

中国国家版本馆CIP数据核字（2023）第243263号

史诗剧《文成公主》的符号表达

著　　者　何秋野
责任编辑　田守强　吴梦捷　官　嫔
责任校对　董　斌
书籍设计　姚雪媛
出版发行　文化艺术出版社
地　　址　北京市东城区东四八条52号（100700）
网　　址　www.caaph.com
电子邮箱　s@caaph.com
电　　话　（010）84057666（总编室）　84057667（办公室）
　　　　　　　　84057696—84057699（发行部）
传　　真　（010）84057660（总编室）　84057670（办公室）
　　　　　　　　84057690（发行部）
经　　销　新华书店
印　　刷　国英印务有限公司
版　　次　2024 年 4 月第 1 版
印　　次　2024 年 4 月第 1 次印刷
开　　本　710 毫米 × 1000 毫米　1/16
印　　张　12.5
字　　数　158千字
书　　号　ISBN 978-7-5039-7539-4
定　　价　58.00 元

目录

前　言

随着我国社会的不断发展、人民生活水平的逐步提高，旅游消费已经成为国民主体消费的一部分，而旅游业也已成为全球经济中发展势头强劲的产业之一。近年来，随着生态旅游、文化旅游等概念的提出，大众休闲娱乐意识的增强，国家对第三产业的高度重视、对非物质文化遗产的保护和传承，地方独特文化历史的展示和宣传，地区有利资源的合理开发和利用，全国各地纷纷打造文化精品项目，“以演艺为形式，以文化为核心”的旅游演艺产业应运而生。旅游产业与演艺产业的融合发展是近年来国内旅游产业发展实践中逐渐产生的一种产业融合现象，二者结合产生的各种新型产业业态和产品形态层出不穷，并根植于强大的实体经济支撑下的庞大消费市场。而中国的实体经济经过新中国成立初期的重工业建设，改革开放时期的民间私营经济发展，为中国文化产业的兴起奠定了一定的经济基础。直到 1982 年，陕西省歌舞剧院古典艺术剧团推出的《仿唐乐舞》让到西安参观兵马俑的国内外游客不再“白天看庙，晚上睡觉”，从此，推开了中国旅游演艺产业的大门，而随后蓬勃兴起的大型山水实景演出又在旅游业的带动下异军突起，成为演艺产业中兼具经济收益、旅游产业、地方文化、品牌效应与艺术价值的生力军。如张艺谋的“印象系列”大型山水实景演出，已经成为地方性旅游的主体项目之一，并成功地打造了“印象”品牌，推动了国内的旅游业发展，甚至走出国门，成为日趋国际化的民族演艺产业品牌。宋城股份（后更名宋城演艺）作为一只演艺股于2010年登陆A股。这种大发展的背后，是海量的商业资本在政府引导和市场调节的综合作用下的产物，同时造就了中国旅游演艺产业的发展。

即便如此，在烈火烹油、鲜花着锦的大好形势下，其潜藏的危机却也隐隐可见。例如，据中国经济网报道，曾经一票难求的《印象·丽江》2016年同比收入大降60%，而丽江的旅游收入则高达3.6亿元；据新华每日电讯2010年11月10日报道，《印象·海南岛》已经出现票房危机，从而遭遇股权转让的困境。此外，在高额的经济收入背后，是令人瞠目结舌的高昂投资。奇创旅游研究院于2014年对我国87个室内外旅游演艺产品进行了抽样调查，其中有39个产品投资过亿元，3个产品投资达5亿元以上。面对如此巨额的投资，其产品本身是否能够具有如此强大的艺术魅力，在激烈的市场竞争中能够保持可持续发展的状态，这是一个不争的问题。在演艺产业发展如火如荼的今天，实景演出如雨后春笋遍地生长，但是其中大多为“走马观花”式的浏览，缺乏文化深度与内涵。在宏大、震撼的视觉景观冲击下，内容的空洞和文本的匮乏使得实景剧成为虚有其表的华丽躯壳。

史诗剧《文成公主》是在北京演出的舞台音乐剧，逐步发展成在西藏演出的实景剧，并最后定义为史诗剧，剧目内容的扩充和定义的拓展，一方面得益于西藏地方政府的欢迎，另一方面得益于国家的鼓励。在地方政府的大力扶持下，该剧的实景舞台次角林村被隆重包装，建立起以剧为核心的文化创业园，成为地方的文化品牌，对于拉萨地区经济的发展具有现实意义。在国家政策的扶持下，该剧作为中国文化展示宣传片在纽约时代广场放映，成为国家的文化名片，对于展示我国民族团结和文化多元具有深刻含义。

藏文化大型史诗剧《文成公主》以文成公主入藏这一历史事件为题材，兼具政治、文化与经济三重属性。作为一部以民族团结、文化交流为核心内涵的演艺作品，如何在市场的竞争中保持自身的民族文化属性是十分重要的。《文成公主》剧成功的背后综合了政治、经济、文化资本的协力，所表现的内容与民族问题、民族关系、民族认同等息息相关，是一部兼具经济价值和社会价值的作品。《文成公主》剧不同于其他实景剧，其政治意义与社会价值远远高于艺术价值。虽然《文成公主》剧本身还是旅游演艺产业阵营的一个项目，但是，其文化内涵早已超脱了“经济搭台，文化唱戏”的产业化阵营，一跃到了政治稳定、民族团结的大格局中。

保护与发展民族文化是国家文化安全的需要，既多角度地弘扬了民族文化，又有利于人类文化的多样性发展，保护了民族文化资源，增强了国家软实力，增强了国家的民族文化影响力，也使社会具有了更为强大的包容性与民族文化认同感。民族文化产业化的发展是其文化自身可持续性发展的路径之一，也是对民族文化多样性的尊重。尊重文化多样性是发展本民族文化的内在要求，也是实现世界文化繁荣的必然要求。此外，提高当地人民的切实利益、宣传民族文化、开拓民族文化传承与发展的新领域，是每一个民族学学者应尽的责任和义务。对民族地区、地方性文化的宣传和弘扬也是对其文化内涵和文化精髓的保护与传承。在当今全球一体化的背景下，对地方性文化的保护与传承仅仅依靠传统的、单一的、政府扶持的路径和方式显然是不够的。如何让地方性文化充满活力、拥有自主传承的能力是亟待解决的问题。艺术作品与民族文化的关系是传承也是发展。因此，本书的研究对弘扬地方性文化、民族文化的保护和传承都具有积极的影响，并具有时效性的现实意义。

实景剧是一个较为年轻的剧作种类，具有浓郁的中国特色。实景，最初是电影学的名词，指用于电影拍摄时的真实场景，后引申为实景拍摄。关于实景剧的概念目前没有十分明确的官方解释，对此本书参照“山水实景之父”梅帅元关于实景剧的概念总结作为本书中实景剧的概念界定。梅帅元曾在访谈中说：“山水实景，首先山水要有山有水，是在野外。那么，实景，包括两个方面：一个是真实的山水，以环境为依托；另一个是当地人民的生活状态，如劳动生活、风气，这两个在演出中能够达到天人合一，我认为是比较成功的。像《印象·刘三姐》这是比较标准的实景演出。中国现在有很多的演出都在做着，都叫实景演出，其实你仔细想，不是的。我估计是很多人没搞懂，实景演出的真正魅力和意义。其实山水实景是，比如我们从北京来到广西来到桂林，我们除了看到山水风景以外，我们还希望看到在山水间生活的这些人民，他们的那种生活形态，这是我们很关注的。他的山歌、他捕鱼、他劳作、他那种很简朴的生活方式，这是他真正的魅力。并不是在山水之间我们演了一个别的什么故事，就是那两个实景（概念），两大实景结合在一起，才能构成山水实景演出的基本概念。”[①] 综上所述，我国山水实景演出的基本概念包含两个方面：一是以环境为依托的真实山水；二是体现当地人民的生活状态。只有这两个方面相结合，才能被称为山水实景演出。

史诗剧又称史诗戏剧，是戏剧表演的一种形式，但又与传统的戏剧形式相区别。史诗剧的概念源于戏剧理论家布莱希特。在他看来，所有的艺术作品不应该有结束，而应该引发观众对此的思考，并以此来激发他们本身改造世界的兴趣和愿望。艺术作品的目的不是让观众接受一个拟定的世界，而是引导他们自己创造一个世界，故史诗剧本身具有一定的教育功能。史诗剧注重对英雄人物和重大历史事件的表述，将人物与事件放置于历史的时空中加以叙述，以此来增加作品与观众之间的历史陌生感，使观众从具体的事件中抽离出来，成为事件的观察者，而非参与者，能够面对剧情，以自然之眼观之，从而体现剧情的客观性与历史性。同时，史诗剧不仅仅停留在向观众传递情感的表层，而是力求将感受变为认知，在向观众展示剧情的同时传递一种更为深刻的思想和意义。史诗剧兼具“史”与“诗”的双重属性，在维系

① 该段内容参见梅帅元导演于 2012 年接受央视栏目《创意英雄谱》记者的访谈内容。

历史客观性与陌生感的同时，将作品以颇具诗意的方式彰显出来。

在我国，以旅游产业为依托的表演艺术与演出艺术统称为“旅游演艺”，而对于“旅游演艺”的具体概念目前还没有非常准确的定位，一般指旅游目的地的文艺演出表演等活动，又可称为旅游演出、旅游表演等。本书借鉴现有的相关研究成果，对旅游演艺概念的引入及内涵进行论述。旅游演艺即旅游业与演艺业的结合模式，它的出现是伴随着文化旅游的大力开展而兴起的，为了使旅游者的观赏体验不再单一，充分开发旅游地的文化资源，旅游演艺产品应运而生。

旅游演艺不同于普通的演艺产品，其本身具有一定的特性。第一，旅游演艺产品具有强烈的地域性特征，而在此之上则体现出十分强烈的文化差异和民族特性；第二，产品所表现出的文化内涵与主题期待构建的历史文明话语体系相协调统一；第三，场馆、剧场等配套设施的完善与周边配套的服务区构成了完整的产业链。除上述的内容以外，旅游演艺的具体内容亦可以被称为“旅游演艺产品”。从产品的意义本身来看，旅游演艺产品其本质是“演”与“艺”，而以“产品”为属性的核心内涵天然地具有了商业价值的本质。对于《文成公主》剧来说，“旅游演艺”的定位是比较准确的，藏文化的独特性与高原雪域的地域性特征是《文成公主》剧得以彰显的文化与地理上的优势，而民族团结、汉藏和美的主题期待与内涵对构建社会文明的核心话语体系相一致，相关场馆的建设正在逐步地完善当中。“产品”的定义对于《文成公主》剧来说，是有偏差的。《文成公主》剧是目前国内少有的兼具政治、经济、文化价值于一体的艺术作品，其凸显的政治目的与意义是“产品”这一具有浓厚经济意义的词汇所无法涵盖的，在这一点上，笔者取用“旅游演艺作品”的含义以定位《文成公主》剧的本质属性。

第一章

田野：

作品·实景·观感

由于我不能使用那种通过固定的信息提供者来获取材料的更为简便而省时的方法，我不得不对这个人群的日常生活进行直接观察和参与。从我的帐篷的门里，我可以看到营地或村落中所发生的一切事情，而且每一时刻都有努尔人在我身旁相陪。这样，我所遇到的每一个努尔人都被当作一种知识来源而得到利用。[①]

——［英］埃文斯－普里查德

① ［英］埃文斯-普里查德：《努尔人：对尼罗河畔一个人群的生活方式和政治制度的描述》，褚建芳等译，华夏出版社2002年版，第17页。

第一节 作品：《文成公主》的来龙去脉

一、历史上的文成公主

《旧唐书 · 吐蕃传》载："贞观八年，其赞普弃宗弄赞始遣使朝贡。……太宗遣行人冯德遐往抚慰之。见德遐，大悦。闻突厥及吐谷浑皆尚公主，乃遣使随德遐入朝，多赍金宝，奉表求婚。"[①] 史料中记载了吐蕃遣使臣向大唐求亲的历史事件。文成公主原本是李唐一朝的远支宗亲女，贞观十四年（640），唐太宗李世民封李氏为文成公主。贞观十五年（641）文成公主远嫁吐蕃，后来成为吐蕃赞普松赞干布的王后。文成公主入藏对于后世汉藏民族关系的发展、文化的交流、贸易的促进等均具有重要的意义。

我国是一个统一的多民族国家，边疆的稳定发展与国家统一息息相关。

---

① （后晋）刘昫等撰：《旧唐书 · 列传第一百四十六上 · 吐蕃上》，中华书局 1975 年版，第 5221 页。

西藏是我国五大自治区之一，早在吐蕃时期，文成公主对于当地的经济、技术、文化发展便已起到了很大的作用。“据藏文《吐蕃王朝世系明鉴》记载，文成公主进藏时，曾在沿途藏族地区教当地农牧民垦田种植、安设水磨、编织草绳、制作食物等。”[①] 在青海玉树的结古镇附近就有一座文成公主庙，整体风格既有唐代艺术风格又有藏式房屋平顶的建筑特色。相传，这座文成公主庙就是为了纪念当年文成公主对当地人民的贡献而修建的。文成公主入藏的功绩可以从几个方面来总结和探讨。

（一）经济文化的发展

从经济文化方面上来说，文成公主入藏带来了唐朝的诗文、农书、历法、史书、佛经、医典等书籍，同时也带来了制造、研磨、纺织、农耕、造纸、陶器、酿酒、冶金等技术，还有五谷、茶叶、丝绸，等等。在《新唐书·吐蕃传》中有记载，长庆二年（822）唐使刘元鼎于逻些会盟，吐蕃赞普设宴款待，席间“乐奏《秦王破阵曲》，又奏《凉州》、《胡渭》、《录要》、杂曲，百伎皆中国人”[②]。在金城公主入藏百年之后，仍然能够在吐蕃大帐内听到《秦王破阵曲》这样的唐代乐曲，可见，唐代的乐舞文化对吐蕃的影响之深刻。除此以外，从现存吐蕃时期的碑铭、木简、文书、经卷等历史资料来看，文成公主进藏之后，将中原的先进生产技术与科学知识带到了吐蕃并加以推广。这一点从当地的民歌中便可以看出，如歌所唱：

① 尕藏才旦：《再论文成公主进藏对汉藏文化交流的促进及其精神的延续》，《西藏大学学报（社会科学版）》2013 年第 4 期。

② （北宋）欧阳修、宋祁撰：《新唐书 · 列传第一百四十一下 · 吐蕃下》，中华书局 1975 年版，第 6103 页。

从汉族地区来的王后文成公主，带来不同的粮食共有三千八百类，给西藏的粮食仓库打下了坚实的基础；从汉族地区来的王后文成公主，带来不同手艺的工匠五千五百人，给西藏的工艺打开了发展的大门；从汉族地区来的王后文成公主，带来不同的牲畜共有五千五百种，使西藏的乳酪酥油从此年年丰收。[①]

（二）汉藏医学的交流

在汉藏医学交流方面，《西藏王统记》中有记录，文成公主和亲吐蕃时曾带有 18 种工艺书籍、《大医典》、80 部占筮历算法，等等。其中《大医典》又称为《汉公主大医典》或《汉文成公主所持大医典》，是文成公主带到吐蕃的第一部汉地医书。后来这部书由“汉地和尚尚玛哈德哇及藏人达玛果霞翻译成藏文”[②]，并在藏地流传。除了医书，文成公主还带来了药物，包括治疗 404 种病之药物，8 种观察法及 15 种诊法，总计 60 部，又有 4 部配药法，等等。可见，文成公主对藏地医学的发展做出了卓越的贡献。

（三）宗教信仰的传播

在宗教信仰方面，文成公主入藏对当地佛教的传播与推广同样做出了贡献。文成公主携带了释迦牟尼佛祖十二岁等身像一同入藏，这一点在汉文与藏文的许多史料中均有提及。从相关文献的研究与记载来看，文成公主本身既是一位虔诚的佛教信徒，同时又精通堪舆之术。《西藏王统记》与《贤者

---

① 子元：《文成公主与汉藏友谊》，《民族研究》1960 年第 3 期。

② 巴卧 · 祖拉陈哇：《贤者喜宴》摘译（三），黄颢译，中国社会科学院民族研究所，1989 年，第 37 页。

喜宴》等文献中均记载了文成公主精通占筮，并将自己的聪明才智运用到吐蕃的发展建设当中，其中便包括大昭寺的选址与建设。

（四）汉藏地区的关系建立

从汉藏两地政治与文化交流方面来看，文成公主入藏对于汉藏地区关系的建立与和平共处开辟了路径，同时也为汉藏地区的经贸往来与文化交流提供了途径、开启了大门。唐朝的封建政治制度与社会管理模式引起了吐蕃当权者的极大兴趣。松赞干布极力模仿唐朝政治制度的结构、官职与等级分配方式，创建了吐蕃各级官员的管理系统。这一点同样也体现在吐蕃的军事管理组织方面，甚至出现了近似唐代府兵制的军事管理制度。同时，还有松赞干布仿照唐朝推行年号以作为朝代更迭的记录。唐朝严格的国家与政治管理机制对于吐蕃的长治久安与稳定发展起到了积极的作用。文成公主进藏开辟了汉藏文化交流的新纪元，之后的历代中央王朝与西藏地方开始了持续的、频繁的经贸往来，这为中华民族的统一发挥了重要的作用。

二、史诗剧《文成公主》

《文成公主》是在民族大团结和文化大发展大繁荣的背景下，从西藏发展稳定需要和战略全局高度出发，以西藏历史文化为内容，以拉萨自然山水为背景，打造的一台藏文化大型史诗剧作。关于《文成公主》剧的由来可追溯到此前在国家大剧院上演的一部同名音乐剧。

2012 年 10 月，音乐剧《文成公主》在国家大剧院首演并获得空前成功，赢得了首都观众的广泛好评。为了让更多的国内外游客能够一睹此剧风采、领略瑰丽藏文化之美，在音乐剧的基础上，拉萨市开始策划史诗剧《文成公主》的演出项目。2013 年，经市场化运作，项目正式落地中国西藏，总投资约 7.5 亿元，演职人员 800 余名，演出场馆总建筑面积 24611.8 平方米，可容纳 4000 余人同时观演。

（一）史诗剧《文成公主》的主创团队

1. 投资方与运营团队

该剧是在拉萨市政府的主持下，由拉萨布达拉旅游文化集团、成都域上和美集团联合打造的。拉萨布达拉旅游文化集团于 2012 年 2 月注册成立，为拉萨市人民政府直属的国有投资公司，现下辖拉萨雪域明珠国际旅行社有限公司、拉萨纳木错国家公园保护开发有限公司两家子公司，是集旅行社、文化演艺、景区开发、旅游产品开发销售于一体的集团公司；成都遇上和美集团有限公司是一家经营文化旅游创意产业的企业集团，经营范围包括演艺经营管理、文化旅游开发与经营、文化传媒、文化创意研发、文化交流服务、视觉传达、空间艺术设计等领域。该公司依靠各子公司资源互补，与国内外优秀文化创意企业相结合，除了策划和运作史诗剧《文成公主》以外，还包括西藏非物质文化体验园、《金城公主》历史舞台剧项目、日喀则《江落康莎》文化保护与旅游提升项目、成都武侯祠 · 锦里《英雄三国》主题剧及锦里三国文化体验街区、“锦江 · 东湖艺术时尚创意公园（JFC · PARK）”项目、域上和美艺术馆等一系列大型文化产业项目，并在国家“一带一路”倡议的号召下，在柬埔寨策划、投资了《梦幻吴哥》文化旅游区及“伦塔爱”古村落可持续生态观光项目等。

史诗剧《文成公主》主要的投资方为成都域上和美集团，并由该公司负责前期的场馆建设、宣传、排演、相关人员的招聘与培训等工作。后期的票务系统与宣传工作则是与布达拉旅游文化集团合力完成的。在史诗剧《文成公主》开演以后，围绕在《文成公主》周边的开发项目逐渐多了起来，包括周边衍生品的开发与销售、相关旅游产业的开展以及藏文化风情街的建设等。于是两个集团合力组建一个新的运营团队——和美·布达拉文化创意集团，以专职负责该项目的顺利运营。

2. 创作团队与演员群体

音乐剧《文成公主》与史诗剧《文成公主》的总导演均是中国实景演出创始人梅帅元。梅帅元是中国著名的旅游演出导演，曾经策划并指导实景剧《印象·刘三姐》《欢乐漓江》《禅宗少林·音乐大典》《大宋·东京梦华》《放水大典·道解都江堰》《天门狐仙》等多部实景演艺作品。副总导演兼执行导演为西藏自治区歌舞团导演、国家一级编导白茇。在实际情况中，史诗剧《文成公主》的排练与具体内容的设计，大部分是白茇导演完成的。在白茇导演之下，还有 1 个副导演卓玛，以及 8 个督导来进行日常的排练与演员的管理工作。由于群众演员全部是来自西藏各地的藏族同胞，所以负责管理群众演员的督导也全部由藏族工作人员来担任。

该剧剧组从创作团队到演员，90% 以上都是藏族人。在 800 多名演员中，只有三位公主的扮演者和李世民的扮演者是来自内地的汉族，其他全部为藏族。这些群演分别来自阿里、那曲、昌都、林芝、日喀则以及拉萨周边的村落等地。

3. 作品的排练过程

该剧每一季的排演与首演的时间几乎都是固定的。每年的 1 月开始筹备演员的招聘工作。招聘工作的开展以各地区的艺术团与民间演艺团体为主要对象，许多地方艺术团的演员和民间艺人、歌舞爱好者都会纷纷报名。招聘工作在西藏各地区分别举行，群众一旦被剧组录用，就等待剧组通知，于同年 3 月开始来到剧组统一排练。剧组为异地的群众演员和工作人员提供了宿舍，一般从 3 月进组之后到同年 11 月演出结束，相关演职人员均住在剧组提供的集体宿舍里。

每年 1 月到 2 月，导演白茇都会针对去年的演出情况对剧本进行精细的修改和调整，这个工作一直会持续到 2 月末。3 月到 4 月中旬是集中排练的时间。在这一个半月的时间里，演员与剧组几乎马不停蹄，日夜排练。这是因为，白天要排练，晚上还要配合灯光组进行灯光的调试与设计。由于《文成公主》剧是露天演出，所以只有等到夜幕降临的时候，灯光师才能开始工作。这段时间是一整年中最为辛苦的日子。

该段时间的排练工作，一般是导演、副导演与督导同时进行，分组排练。这是因为：一方面，新老演员需要不断的磨合。剧组每一季的演员更新幅度特别大，都有将近 1/3 的演员离开剧组，同时也有源源不断的新人加入，这相当于每一季都要从头开始。因此，排练工作异常繁重。另一方面，群众演员数量庞大，需要有条不紊的管理。分组排练能够将责任分工细化，这对于工作效率的提高和人员的管理来说是非常有效的。到了 4 月，排练更是十分紧张，几乎每晚都会排到凌晨 3 点。

每年的 4 月 15 日左右，是史诗剧《文成公主》每季首演的时间。具体的时间会因为天气、节假日等原因而做相应的调整。一旦开演，直到同年的

11 月 15 日，不论是风雪还是雷雨，几乎从不停演。在作品正式上演之后，白天的排练工作会进行一定的调整，一般为一周进行一次常规排练。其内容以总结性为主，对一周内演出出现的问题进行总结与修正，届时白芨导演会亲自主持排练工作。除此以外，演出当晚如有重要嘉宾或领导出现也会进行加急排练，以保证当晚的演出效果。与群众演员不同的是，主演们每天上午都要进行日常的排练工作，一般排练时间为 3 小时，具体时间根据进度而定。主演的排练任务由白芨导演亲自负责，每天晚上演出前，白芨导演都会在剧场的主演化妆间对前一天的演出进行总结，以便更好地完成作品。

该剧的主演一共包括 8 人，有文成公主的五位扮演者，分别是董双、贺沙、马美琦、兰措、曲吉，以及松赞干布的扮演者达瓦次仁，禄东赞的扮演者朗杰嘉措，李世民的扮演者张彦彬。但是从第二季开始，李世民的扮演者由剧组的督导担任，不再划归为主演的范围之内。主演们在进组之前要经过公司组织的一系列选拔与考试，包括海选与面试两个环节。在面试中会要求对文成公主的形象进行初步的理解与阐述，并通过肢体动作与语言将其表演出来。在经过一系列的选拔之后，第四季（2016 年）选出新的公主扮演者三名，即董双、贺沙、马美琦，而兰措与曲吉则是前几季的老演员。

（二）史诗剧《文成公主》的作品结构

该剧的主创团队基本上以音乐剧《文成公主》的班底为主，包括音乐、歌词、文本、篇章结构的设计等。《文成公主》剧的整体结构除了序以外共包括五幕，而每一幕均有其创作方面的考量与思路。分别是：

第一幕“大唐之韵”：上百名文武大臣在金碧辉煌的大明宫觐见唐太宗李世民。吐蕃赞普松赞干布遣使者禄东赞求婚大唐。禄东赞破解唐太宗所出谜题，从百名“公主”里，成功寻找到了真正的文成公主。太宗许嫁，公主起行。

创作说明：对大唐盛世的营造，编导团队参考了大量的文献古籍。从大明宫的建筑特点，到每个人物的演出服饰，最大限度地还原了1300年前的大唐景象。灯光特效起到辅助作用，营造出焕烂求备的大唐盛世风光，呈现出流光溢彩的艺术效果。

第二幕“天地梵音”：文成公主离开长安，前往逻些城（今天的拉萨）。漫漫长路，公主思乡之情涌上心头，但想起和亲重任，她毅然摔碎日月宝镜，斩断乡愁，带着“天下没有远方，人间都是故乡”的情怀，破除万难，前往吐蕃。

创作说明：《文成公主》剧融合了数十种汉藏非物质文化遗产元素，包括藏戏、锅庄、山南果卓、牛皮船，等等。

第三幕“藏舞大美”：文成公主及送亲队伍，一路带着释迦牟尼十二岁等身像、金鞍玉缰、绫罗绸缎、书卷典籍等前往吐蕃。文成公主怀着美丽的遐想，与松赞干布在梦中相会。

创作说明：果卓等藏族民间舞蹈在舞台上的呈现，配合人工舞台和高科技视听技术，把传统歌舞与现代舞美元素熔为一炉，构成华美乐章。

第四幕“高原之神”：为迎娶远道而来的文成公主，松赞干布带领吐蕃百姓修建布达拉宫。百姓们用欢快的“谐钦”舞蹈，歌颂松赞干布的丰功伟绩；用盛大的“打阿嘎”，为他迎娶大唐公主表达祝福。

创作说明：松赞干布是藏族人民心中的高原之神，文成公主是和平与幸福的使者。千百年来，两人早已二位一体。作为他们爱情的见证，布达拉宫也早已成为汉藏民族团结的象征。舞台上，数百名吐蕃百姓，手持木夯，跳起盛大的“打阿嘎”，在他们的努力与企盼中，布达拉宫巍然显现。

第五幕“汉藏和美”：松赞干布迎娶文成公主，圣光普照，万民敬仰。汉藏联姻的壮丽时刻到来了，历史从这里翻开了新的一页。

创作说明：最后一幕将整个实景剧再一次推向高潮。原生态的藏族歌舞、盛世大唐之音，交相映衬，带来汉藏文化交融的视听盛宴。

（三）从音乐剧到史诗剧

以文成公主为素材的文艺作品有很多，包括芭蕾舞剧《文成公主》（1979 年）、民族舞剧《文成公主》（2012 年）、古典舞剧《文成公主与松赞干布》、电视剧《文成公主》（2000 年，曹颖主演）、电视剧《文成公主》（1999 年，李琳主演）、藏戏传统剧目《文成公主》、越剧剧目《文成公主》（1959 年）、音乐剧《文成公主》（2012 年）以及歌曲、舞蹈、文学作品等。前文曾提及，《文成公主》剧源于此前在国家大剧院上演的一部同名音乐剧。

1. 音乐剧《文成公主》

音乐剧《文成公主》于 2012 年在国家大剧院首演，获得好评如潮。音乐剧又称歌舞剧，于 20 世纪初起源于西方，是一种综合的舞台艺术表演形式，其中音乐、歌曲、舞蹈、对白是其基本内容，剧中的幽默、讽刺、感伤、爱情、愤怒作为动人的组成部分与剧情本身，通过演员的语言、音乐和动作以及固定的演绎传达给观众。音乐剧源于歌剧中的轻歌剧和喜歌剧，后经发展衍变形成今天的音乐剧。歌剧与音乐剧之间虽有着极为密切的亲缘关系，但是二者之间也存在一定的差异。程式化的特征是歌剧最为显著的特征之一，这一点不仅仅在音乐剧《文成公主》中窥见一斑，直至后来的史诗剧

《文成公主》的篇章结构、音乐风格、唱法、舞蹈、舞美等也基本遵循了歌剧程式化的特点。

歌剧的篇章结构较为传统，四幕为固定形式，每一幕中都具有较为独立的音乐唱段。音乐剧《文成公主》除序和尾声外，保留了四幕的基本结构，以文成公主的进藏之路为故事脉络，通过日月山摔宝镜、过雪山、梦中相会等情节，推动故事的整体发展，并以音乐、歌曲、舞蹈、对白等形式构成了作品的整体格局。之后的史诗剧《文成公主》基本保持了音乐剧《文成公主》的篇章结构。

首先，从音乐的风格上来说，在歌剧中咏叹调引领全局，除此以外，宣叙调、合唱等均是其重要的组成部分。在音乐剧《文成公主》中，咏叹调同样意义重大，起到了引领全局的功能与作用。除此以外，音乐剧《文成公主》中的音乐风格较为多变，内容较之歌剧更为丰富和灵活。其次，从声音的表现上来说，歌剧是纯粹的美声唱法，这一点是不容置疑的。但在音乐剧《文成公主》中，民族与通俗相结合的方式打破了歌剧中纯美声唱法的限制。

歌剧中的舞台美术较为真实，力图还原真实情境，而一般舞蹈的表演者与演唱者分开，较少出现边歌边舞的形式。相较之下，音乐剧的舞台布置较为抽象，大部分的场景还是依靠灯光与幕布相配合，借助 LED 屏幕而得以展示。舞蹈表演则多为边歌边舞、歌舞相济的方式。

2. 实景剧《文成公主》

音乐剧《文成公主》在国家大剧院上演之后，被引入拉萨，后经过一系列的招商引资工作，其姐妹篇——实景剧《文成公主》落户拉萨市次角林村。

实景剧《文成公主》基本保持了音乐剧《文成公主》的篇章结构。除作品开始的序以外，包括五幕完整的结构。每一章节都有不同的主题内容与创作手段。整个作品包括“序”“大唐之韵”“天地梵音”“藏舞大美”“高原之神”，以及尾声的“汉藏和美”。

实景剧《文成公主》沿用了音乐剧版的音乐，不同的是，它将原本的汉语歌词变成了汉语与藏语两种语言相结合，并且按照剧中人物的身份归属而决定使用哪一种语言来进行歌唱。例如，文成公主全程都使用汉语来进行歌唱，而松赞干布则全程都使用藏语来进行歌唱；与公主同行的侍卫、随从等使用汉语来进行交流与对话，而迎亲的吐蕃侍卫、大臣等则使用藏语来完成沟通与表达。

实景剧《文成公主》的舞台布景与灯光的使用因为舞台空间的无限延伸而得到了充分的发挥，以写实为主。例如剧中出现了硕大的、以钢铁结构为主要材质的大明宫、布达拉宫，规制 1 ∶ 1 大小的煨桑炉等。

3. 史诗剧《文成公主》

在实景剧《文成公主》首演之后，剧组遇到了一个极为困惑的难题，即作品的属性始终没有办法定位。关于这一问题，主要存在两方面的原因：一是作品本身与实景剧所涵盖的概念和要求并不相匹配；二是如果抛弃实景剧的属性，作品又将如何定位。

（1）最终更名的原因

该剧在属性上确实存在着一定的问题和困扰。其原因主要包括两个方面：一是盲目借用西方剧作的分类标准而产生的水土不服；二是大量的观众反馈表现出对作品属性的不理解。

我国对于剧作种类的区分基本源于西方。歌剧、舞剧和音乐剧之间确实有着较为复杂的关系，其中歌剧和舞剧是两个比较大的类别，而音乐剧脱胎于歌剧中的轻歌剧或喜歌剧，虽然在作品的创作和艺术表达方面有一些差异，但是二者之间还是有着很多的共同点。这可以在对史诗剧《文成公主》开发公司的经理刘琪的访谈中得到印证：

我现在最头疼的就是，文化部这边有一个分类，歌剧、舞剧、音乐剧，因为我们这个剧是歌舞剧（指《文成公主》实景剧），但是他们这边没有一个单独的歌舞剧的分类，音乐剧的话我们这边又差得稍微远一点。①

通过上述访谈可以看出，刘经理显然对于剧作的分类和归属问题没有非常深入的了解。起初，《文成公主》剧（2013 年拉萨版）定位为歌舞剧是因为，较之音乐剧《文成公主》（2012 年国家大剧院版）来说舞蹈的比例加强了，其中有大量的舞蹈片段展示，此消彼长，歌曲的部分有相对的删减。音乐剧源于歌剧，所以其主体还是以歌为主，但是《文成公主》剧却是“歌舞相当”，这种整体结构的变化是促使更名的主要因素。

实景剧的概念对于前来观看的观众来说，形成了一些误导。在首次观看作品的时候，广告词中“以布达拉宫为背景”的描述容易使人产生一定的理解误差。对于实景剧来说，“真山真水”的概念是更为宽泛的解读，其中

---

① 2016 年 8 月 26 日，于拉萨市城关区文化创意园区管委会办公室，笔者与刘琪经理探讨作品属性的问题时，此为刘琪经理的回答。

图 1-1　文成公主剧场外貌

“山水”并不仅仅是山水，而是这片土地上的景观。在后来对观众的访谈中发现，如此理解的人并不在少数。例如：

游客温先生：“我一直以为是在布达拉宫附近呢，要不然也是在一个能够以布达拉宫为背景的地方，哈哈，后来发现是我想多了。”

游客张先生：“我昨天还在布达拉宫前面转了一圈，以为那个广场就是演出的地方呢。后来晚上去看了看，发现没人啊，没演出，查了才知道，不在这边。”①

① 2016 年 9 月 1 日，观看史诗剧《文成公主》后，笔者对剧场内观众进行的访谈。主要访谈内容：关于实景剧的属性问题。

实景剧是一个较为年轻的剧作种类，具有浓郁的中国特色。关于实景剧的概念是有明确定义的：第一，以环境为依托的真实山水；第二，体现当地人民的生活状态。只有这两个方面相结合，才能被称为山水实景演出。该剧起初被命名为山水实景剧，其实从作品的结构和内容上来看，是不符合山水实景演出的基本定义的。首先，该剧以宝瓶山为背景，但是剧中出现了唐代大明宫、倒淌河、日月山、逻些城、布达拉宫等标志性场景，而这些场景都是舞台美术的“杰作”，并不是所谓的“真实”山水；其次，该剧体现的是文成公主的进藏之路，而不是单一地区的人文风貌，是一种流动性的动态文化表达，这与第二个基本概念也是有偏差的。

（2）定名“史诗剧”

从 2015 年开始，《文成公主》抛弃了实景剧的名头，改换了史诗剧，并以此对作品进行了重新定位。关于史诗剧的概念前文已经阐释，这里不再赘述。

藏文化大型史诗剧《文成公主》以历史的方式叙述了文成公主和亲吐蕃的历史事实，以叙事长诗的方式对作品的篇章结构进行了高度的凝练与抽象化处理，使之以充沛的情感和丰富的意象来表达思想，以传递民族团结、汉藏和美的意义。从这几个方面来看，《文成公主》剧是符合史诗剧的定义与概念的。

第二节　实景：宝瓶山下的次角林

关于次角林村流传着一个传说，文成公主当年进入逻些城之前，曾在这里驻营扎寨，休养生息，就连村子后面的宝瓶山也是由文成公主命名的。而今，《文成公主》剧的演出剧场就坐落在这个古老的村子里，遥望着远处的布达拉宫。

一、次角林的地理与人文

次角林是位于拉萨河南岸、宝瓶山西面山谷中的一个自然村落，三面环山，北有拉萨河，地势坡度很大，良田悠悠、绿树葱茏。过去的次角林村民，大多沿用传统的生产方式，以家庭为生产单位，以农耕、畜牧为主，外加很少的商业与旅游业。除了属于村委会的公共林卡主要用来开发旅游业以外，家家户户还有一块个人私有的林卡，用来种植一些农作物以及果树等经济林木。

次角林村现归拉萨市城关区管辖，总面积15万平方千米，海拔3781米，距离拉萨市中心6000米。截至2016年，在籍人口338户共1133人，其中不包括流动人口。全村几乎都是藏族，只有5户人家是“团结民族”①。次角林村的民居是很具有代表性的藏式民居，与周边的环境非常协调。次角林村的民居建筑之间并没有统一的规划，而是根据地势特点呈现分散居住的走向。次角林村共分为4个生产小组，这4个生产小组以地理方位为基本划分方式，文成公主剧场就坐落在2组的位置中。地处3组的次角林寺是次角林村的核心地带，所以，这里是村民居住最为集中的地区，而后民居顺着地势特征呈放射状向周围展开。

从拉萨市到次角林村必须要横渡拉萨河，目前有两条路可以走：一个是从市中心出发向西行近4000米即可到达的柳梧大桥；另一个是向南行进2000米即可到达的拉萨大桥。从2012年至2016年，拉萨大桥更名为“迎亲大桥”，一直在修整中，虽然可以通车，但是道路泥泞颠簸，所以有一部分人还是会选择另外一条稍微远一些的路线到达次角林村。

拉萨大桥更名的原因有两点：一是传说当年文成公主进逻些城之前曾经在次角林村驻扎休息，松赞干布亲自来到次角林村迎接，其意义相当于迎亲；二是与《文成公主》剧密切相关。因为过了迎亲大桥还有不到2000米的路程就可以到达坐落在次角林村的文成公主剧场，虽然是来看演出，但是也可以将松赞干布与文成公主婚礼的喜庆气息带回家里。

---

① 在藏区，汉族与藏族通婚组成的家庭，所生子女被当地称为“团结民族”。

二、文化创意园区的诞生

拉萨市委、市政府为大力实施“文化兴市、产业强市”战略的工作部署和加快发展文化旅游产业的要求，于2012年正式启动西藏文化旅游创意园区建设，园区筹备委员会于2013年3月正式成立。2012年8月，中国·西藏文化旅游创意园的整体建设开始动工。园区预计总投资300亿元，所占面积8.14平方千米，所在地为次角林村及其周边地区。关于园区的建设与设想问题，在对园区管委会主任次央的访谈中得到答案。

> 园区整体规划为9个功能区，包括《文成公主》及慈觉林藏院风情街、藏民族民俗风情体验园、高原影视文化城（含雪域动漫城）、西藏非遗文化体验园、藏医药文化创意园、艺术家创意创作基地（含美术、唐卡、摄影、音乐创作基地）、出版文化产业园、藏民族手工艺品加工体验区、高端旅游服务配套设施（含高端游乐项目、高星级酒店、精品艺术客栈等）。其中，次角林村1组将改建成藏民族民俗风情体验园，3组将改建成民俗客栈，4组将改建成高原影视文化城。[①]

位于次角林村2组的文成公主剧场及慈觉林藏院风情街是园区开始建设的第一个项目。在文成公主剧场的前方是慈觉林藏院风情街商业配套设施，业态涵盖了餐饮、购物、茶艺、影院、书吧、中高端精品民俗客栈等，已于

① 笔者根据2016年8月23日对园区管委会主任次央的访谈内容整理。

图 1-2　慈觉林藏院风情街

图 1-3　次角林村施工现场

2015 年 5 月 1 日正式开街，为广大游客提供吃、住、行、游、购、娱全方位旅游服务。

2016 年，次角林村进行了一次大规模的重新改组与建设之后，次角林——这个古老的村落以“中国·西藏文化旅游创意园”的名号重新出现在公众的视野。

第三节　观感："批评"与"赞美"

对于艺术作品的评价与感知是具有差异性的，正所谓"一千个读者眼中就会有一千个哈姆雷特"。对于《文成公主》剧来说，成千上万的观众每天游走在剧场之中，他们的评价也同样是千差万别的。笔者通过对田野调查报告、访谈记录，以及互联网的评价数据进行分析后得出，绝大部分的观众对于《文成公主》剧的内容与形式还是非常满意的。在诸多的评价系统中，"震撼"的出现频率远远高于其他词。当然，还有一小部分的观众对该剧持有批评的态度，并认为该作品用史有误、结构不完整，甚至是否定作品的艺术价值；另有极少数观众认为该作品没有什么特别之处，因此不做评价。

一、"用钱砸出来"的艺术

部分艺术工作者认为，真正的无功利性的艺术创作才是艺术得以纯粹的净土，才是有意义的。相反，艺术一旦与金钱"联姻"，就沾染上了铜臭气，而变得功利，难以返璞归真达到艺术的高级境界。

多吉是当地一位小有名气的音乐人，在藏族音乐的创作方面有着颇为深厚的造诣。对于《文成公主》剧，多吉表现得十分不屑："这个剧每天都演，我从来不去看。没什么好看的。像这个剧投资了好几个亿，是用钱砸出来的，这不是艺术。"①

与多吉持相同观点的人并不在少数，这些人往往对艺术有着极高标准和追求。金钱，或者说经济与艺术创作之间的关系是不是矛盾的，二者之间是不是一种天然悖论的关系，这是值得探讨的。演艺作品的本真性与商品性并不是不可调和的，"旅游演艺中民族民俗文化资源的模式化市场开发与管理，表现为一种合力"②。政府是这种合力的主导力量，而企业、学者、地方精英与民众是这种合力的参与者。只有在多方协调互助的"合力"发展下，演艺作品的本真性和商品性才能达到平衡。

关于多吉说到的"用钱砸出来的"这一点在对开发公司——域上和美集团拉萨地区经理刘琪的采访中得到了证实。

这个剧我们一共投资了7.5个亿，包括场馆建设。2012年年底，我们开始攻这一块（场馆建设），八个半月建成的这个剧场。冬天的时候，当时的气温是零下33.4摄氏度，混凝土根本就不行，怎么办，买了几千床棉被、几百个火炉，挨个烤开，就这么建成的。这个场馆做出来以后就是拉萨的奇迹，因为同时还要做别的。八个半月，这

① 2016年8月23日，于拉萨市八廓街笔者对音乐人多吉的采访。

② 陈麦池、黄成林、张静静：《论旅游演艺的文化体验性与原真性》，《旅游研究》2011年第4期。

么大，1 万多平方米，你在北京都赶不出来。还有就是我们的资金雄厚，后来干到后期的时候，真是不行，活没人干。这是高原，劳动力奇缺，怎么办，我们的工程经理抱着一堆人民币坐在场馆中间，真是人民币，一摞一摞的都是 100 元的钞票，然后拿钱干活。谁今天想加班赚钱，直接、马上领工资。我们就是这么干完的。还有一件事，当时场馆需要电工这些技术工种，拉萨地区没有那么多啊，真是找不到，而且这个场馆的建设标准也比较高，对这个技术人员的要求也就高，结果，公司在四川招募了 100 个技术工人，包了一架专机送到了拉萨。①

刘琪经理在绘声绘色的讲述中不断地重复着对公司战斗力和凝聚力的向往点燃了心中的火焰。场馆建设的不易与艰辛是这段访谈的核心内容，而“奇迹”的创造是这种战斗力和凝聚力的体现，也是这段艰辛之路的目的地。然而，在这段简短的访谈中，无时不透露着经济资本作为场馆建设的核心力量所发挥的能量是巨大的。

近年来，投资过亿元的演艺作品并不少见，如《禅宗少林》《烟雨张家界》《又见平遥》等。对于这些作品来说，商家的宣传不约而同地唱响了高投资的口号，不断强化投资对于艺术创作的重要性。然而，高昂的投资除此以外还成为一种噱头，是商家宣传的一种手段和行为模式。而这种行为模式的潜台词似乎意味着一种更为强悍的经济资本的介入，同时勾画了经济资本

① 2016 年 8 月 26 日，于拉萨市城关区文化创意园区管委会办公室，笔者与刘琪经理探讨作品属性的问题时，此为刘琪经理的回答。

与作品制作精良之间一种奇妙的关系，进而形成了“高投资即好作品”的逻辑怪圈。面对观众，如何以最简明扼要的方式阐述作品的价值与观赏性是商家亟待解决的问题，而“高投资即好作品”的逻辑用简约朴素的“道理”向观众说出了作品为何极具观赏性的核心命题。所以，这种逻辑的构建对于商家来说是有必要的。

对于多吉来说，情况刚好相反。在多吉看来，艺术是一种表述方式，是一种内在情感的宣泄与输出。表达应该是无拘无束的，甚至是天马行空的，是以生命和情感为终极关怀的。而这种以艺术生命为核心的情感表达与以商业价值为核心的艺术创作之间似乎存在着不可逾越的鸿沟。

笔者认为，对于《文成公主》剧来说，这里的金钱包含着两层含义：一方面指为艺术生产而进行的前期投入；另一方面指后期投入市场而获取的利润。二者相叠加构成了一个相对闭合的经济链，对艺术生产的影响是毋庸置疑的。这种情况对于一些艺术创作者来说，就像是戴着“镣铐”的舞蹈，举手投足间充满了“限制”的味道。同时对于一些投资者来说，经济是艺术得以创作的基础，没有了经济上的支持，艺术同样寸步难行。

二、“非常普通”的作品

第二位受访者是新晋的舞蹈编导黄云松。他对《文成公主》剧的评价是——非常普通。他与多吉的批评不一样，他对于经济资本的投入并不关心，而是简单直接地从艺术创作的角度进行评判。在他看来，《文成公主》剧的结构和编排，包括舞台调度都缺乏创新，因此，没什么可探讨的。

创新问题的提出是艺术创作的另外一个核心命题，关于这个问题的探讨可以追溯到另外一个问题的提出，即艺术创作是否需要界限。2012 年 6 月 12 日，在北京蜂巢剧场观看完话剧《枪，谎言和玫瑰》之后，导演孟京辉与观众进行了交流。当被问到艺术创作是否需要界限的时候，孟京辉导演深思良久说：“艺术需要界限，有了界限才有规则，而有了规则艺术才能有所作为，不然什么界限都没有，大家都天马行空。”从字面上看来，创新与界限似乎是一对矛盾体，字里行间都透露着彼此不相容的味道，实则二者之间却是一种“突破—重构—遵守—突破……”无限循环的关系。所以，在一位艺术创作者的视角里，创新是艺术作品的灵魂，而界限是创新得以体现的标志。

三、“震撼”的视觉盛宴

多吉和黄云松的一番言辞，使得《文成公主》剧充满了神秘的色彩。如此大投资、大规模，却又饱受争议的作品，到底“相貌”如何？2016 年 8 月 26 日，笔者通过互联网，预订了 张当天晚上的演出票（最低票价 380 元），而后打了一辆出租车奔赴剧场。笔者在出租车上坐了很久，由于正在修路，略有些颠簸。夜幕降临时，走进了文成公主剧场。进入剧场要经过一个由百级台阶铺就的通道，两侧是林立的商铺。开场之前，观众陆陆续续地入场，在露天的观众席寻找着自己的座位。远远地向舞台望去，舞台的宽度大概有 300 米，纵深不到 100 米，台口、侧幕、观众席布满了灯光，远处的宝瓶山上也密密的全是设备，舞台上安装了几十支干冰喷射器，以及超长的传送带等。

晚上 9 点半，灯光暗下，伴随着悠远的钟声，《文成公主》剧拉开了帷幕……

《文成公主》剧除了开始的序和尾声以外，整场共五幕，历时 1 小时 40 分钟。演出结束后已经是晚上 11 点多。由于剧场离市区较远，笔者与几名观众包了一辆私家车，回到拉萨城区。在车上，几名观众迫不及待地开始讨论他们的心得与感受。

> 观众甲："这个剧的内容和历史事实是有点出入，不过总体给人感觉还是相当不错的，效果挺好。这个剧里面有很多动物，我都看到了，像那些牦牛啊什么的。一场演出看下来挺震撼的。"
>
> 观众乙："马匹、羊群、牦牛等动物都是真的，那个打阿嘎场面也挺震撼的，不过这个演员的舞蹈，那个集体舞是有点儿不整齐，比较乱，跳得都不一样，动作不标准。然后这个灯有点太亮了，我照相都照不出来，太亮了也看不清楚。不过整体看，这个价位还行。跟之前看的丽江、云南那些还是不太一样的。"
>
> 观众丙："演员阵容太强大了，场面震撼。这个剧实在是太震撼了，那个马成群跑出来的时候我特别激动，哈哈，还尖叫了。今天拉萨的天气也挺给力的，之前听朋友说要打伞，我觉得还行，也没下雨。"①

车上的几位观众都不住地用到了场面宏大、震撼等词来形容，想来是对这种大阵容的作品比较满意。其实关于这一点，在后期的问卷调查中体现得

① 2016 年 8 月 26 日，在观看史诗剧《文成公主》演出后的回程路上，笔者对游客、观众，就作品的内容与观感进行的访谈。

更为明显。调查通过互联网平台和App软件共发放问卷150份，收到回执96份，而这96份的问卷中有87%都提到了“震撼”两个字。对于这一点，笔者认为其主要原因包括两个方面。

（一）身临其境的舞美

在作品的第三幕中有穿越雪山的情节，暴风雪的肆虐与公主的坚韧、勇往直前形成了强烈的戏剧冲突，为了烘托视觉效果，舞美设计采用了干冰加人工降雪的方式，使观众最大限度地产生身临其境的感受。而这时坐在观众席的观众都会打开随身携带的雨伞以躲避风雪的肆虐。这种利用舞美、演员与观众互动的作品近年来颇为多见，导演企图突破舞台的局限，充分利用空间的作用以加强艺术张力。在当代社会对艺术作品的欣赏与接受过程中，从表达到接受的简单模式已经无法满足观众的审美需要，而表达—体验—接受的审美体验使得观众在欣赏作品的同时增加了自我的存在意识。观众不再是局外人，毫无参与感地坐在观众席遥望着台上的演员尽情地表演，而是作为作品的一部分，参与情节的推动，同演员一样成为作品的主体部分，从而获得审美体验。

（二）人山人海的景观

对于舞台作品来说，舞台的空间是有限的，站在舞台上的演员也是有严格的限制的，如何才能达到最为舒适的人员配比也是作品创作与设计的一部分。普通的群舞作品人数在30人以内，因为人数过多会影响整个舞台的布局和构图，从而无法达到最佳视觉效果。除非特定的文艺晚会作品，为了舞台空间的饱满和丰富，会对人员进行调配，人员比例有所增加。但是对于室外的实景演出来说，舞台的空间界线被打破，原本的视觉观感由有限变为无限。当舞台上方的灯光设备和舞美设计变成了遥望无际的星空，当舞台后方的天幕和LED屏幕被连绵的远山取代，当四四方方的舞台不再有幕布和乐池，这种舞台艺术的一切“精雕细琢”都变得微不足道。《吕氏春秋 · 仲夏纪 · 侈乐篇》载：“以钜为美，以众为观。”这种审美意识与中华民族的文化审美心态有着密切的关系，“羊大为美，故从大”是一种根植于灵魂深处的审美观念。对于普通观众来说，现代艺术抽象的表述方式是晦涩难懂的，也是不着边际的，远不如这些来自最为简单朴素的视觉体验——人数众多，以最为直截了当的方式所呈现的景观来得震撼过瘾。《文成公主》剧最后一幕“汉藏和美”所用演员近800人，场面极为震撼与壮观。整齐的舞步、有条不紊的动作、如几何图形般拼凑的格局，构成了一派繁荣景象，震慑心灵，或许这就是“震撼”的根源。

图1-4 《文成公主》剧第三幕中遭遇雪崩的场景

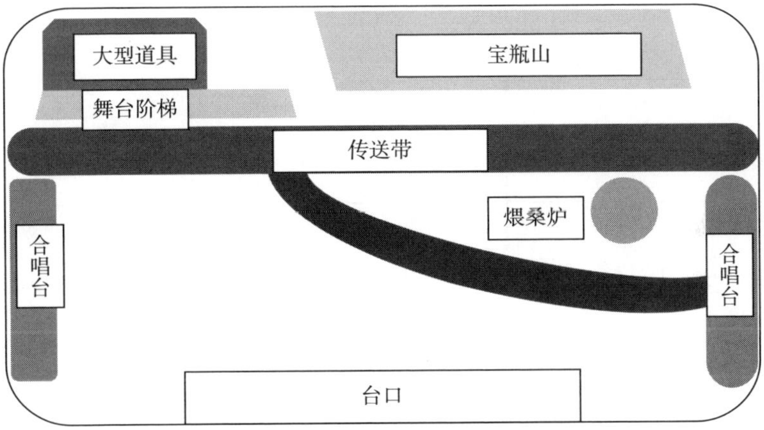

图 1-5　文成公主剧场舞台手绘图

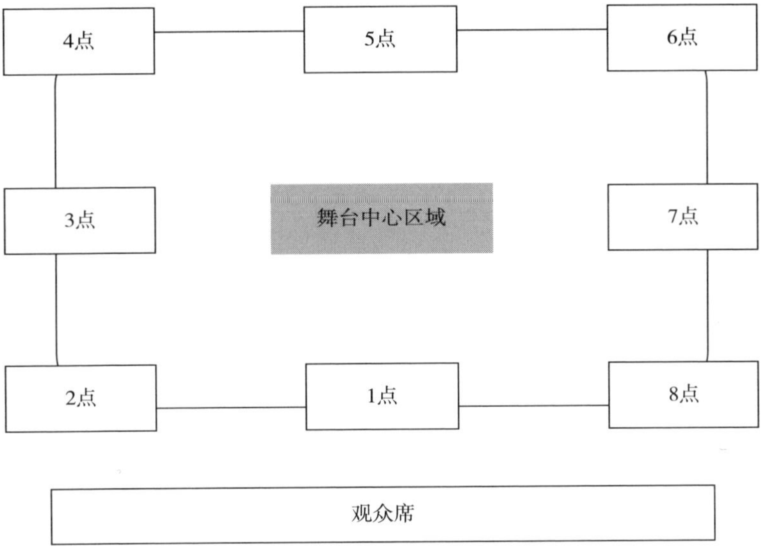

图 1-6　舞台方位图

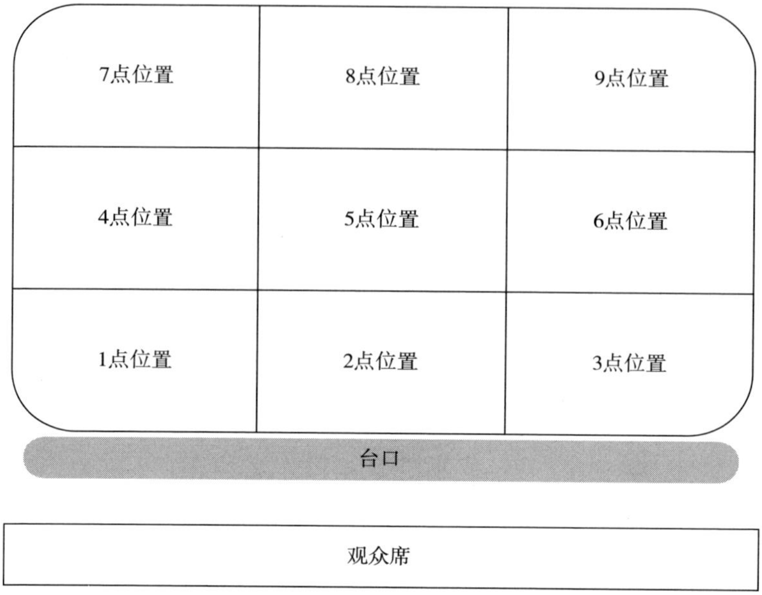

图 1-7 舞台空间图

第二章

创作：

生产意义的过程

在苏珊·朗格看来："一件艺术品就是一个符号，艺术家的任务自始至终都是制造符号。"[①] 在符号的制造过程中，艺术家是符号的设计者，尽管符号的制造需要抽象，但是符号的制造过程却是十分具体的。

在艺术作品中，什么被"制造"出来？对于艺术"制造物"的理解并非人们一般所认为的那样存活于艺术作品中的人物，更不仅仅是观众或欣赏者简单的感官体验，又或者是某种虚幻的、捉摸不定的，对于人、事、物的思考与理解，而是艺术家通过对自我生活经历的淬炼而运用某种艺术手段所"创造"出来的艺术形象。这种艺术形象并非凭空捏造，它必定脱胎于活生生的现实与生活。《文成公主》剧的创作以文成公主的相关史料和传说、故事为文本，将文成公主塑造成了一位远嫁他乡、坚强勇敢的伟大女性形象。但是在艺术创作的过程中，符号性的内容萃取与象征意义的构建使得文成公主的形象具有了象征意义。

① ［美］苏珊·朗格：《艺术问题》，腾守尧、朱疆源译，中国社会科学出版社 1983 年版，第 168 页。

第一节　符号的萃取与意义的构建

人类学对于文化的解释显然不能仅仅满足于对事实和真相孜孜不倦地探索和追逐，而符号化了的文本表述也不仅仅在于对文化物质面貌的描写。前者力图廓清由于在表达上过于表面和片面而显得杂乱无章的文化符号，同时建立一个标志意义的符号系统；而后者则更加注重对于文化内涵与文化的精神层面　　意义的解读与阐释。在文化与意义以符号化的形式所构建的系统之中，文化的符号化文本建构以一个象征体系的面貌发生和完成了。

一、碎片化的符号萃取

《文成公主》剧的文本由“序”“大唐之韵”“天地梵音”“藏舞大美”“高原之神”“汉藏和美”篇章构成，它们共同搭建了《文成公主》剧的整体框架，撑起整部作品的结构。同时，《文成公主》剧中出现了十余种藏族非物质文化遗产的元素，包括藏戏、藏族民歌（牧歌、情歌、诵经调）、果卓（舞）、宣（舞）、喇嘛玛尼、甲谐、传统服饰、牛皮船，等等。其中以大篇幅来进行表达的内容包括：煨桑仪式、牛皮船与郭孜舞、锅庄、转经筒、经幡与哈达。

（一）大昭寺前的煨桑仪式

在藏族人民的日常生活中，“煨桑”是极为普遍的一种风俗习惯，而“桑”的本意是指桑科桑树的落叶乔木。在藏语中，“桑”是对藏语“bsang”的音译。在藏语中，“一方面，‘bsang’本意为清洁、净化、消除、祛除等；另一方面，‘bsang’又有神香、焚香祭祀等含义”[①]。在剧中，煨桑炉一共出现了两次，分别是剧作的开端与结尾。而与之相伴的煨桑仪式在突出民族文化独特性的同时也彰显了藏族文化中所蕴含的深刻宗教内涵，为作品增添了一份独特的神秘气息。

1. 煨桑片段的表演形式

首先，《文成公主》剧的开篇，舞台的 9 点位置隐隐地出现了一个硕大的煨桑炉，桑烟徐徐，随着灯光而变换着不同的色彩，悠远而神秘。灯光渐亮，舞台中央出现了 7 组僧人，每组 3 人并组成一个倒三角形，共计 21 人。每人手中都持有一个藏族的宗教乐器“钦”。在低沉、悠远的音乐中，在幽暗的紫色流光映衬下，显得格外庄重与宁静。《文成公主》剧的开场颇具仪式感，化繁为简的煨桑仪式使整部作品显得祥和而隆重。

其次，《文成公主》剧的第五幕开篇，煨桑炉在传送带的辅助下，横向

① 王新平：《藏族煨桑仪式的宗教文化内涵》，《中国宗教》2015 年第 6 期。

移动到舞台的右侧，之后两个藏族姑娘徐步走来，手中拿着已经点燃的松柏枝，将煨桑炉中的松枝、柏枝、糍粑等物点燃。很快，煨桑炉便白烟袅袅。此时，两位藏族姑娘双手经过身体两侧，在头顶合十，后落到胸前，向着煨桑炉的方向进行前倾 90 度的朝拜礼，而后顺时针方向向东、南、西三面分别行礼，在观众的目光中徐步走下舞台，预示着这一煨桑仪式的结束。

2. 煨桑仪式的象征意义

《文成公主》剧中两段煨桑仪式都没有复杂的舞段设计，也没有炫目的灯光，而是以极为自然、平和、质朴的身体动律与舞台造型凸显仪式的神圣与庄重。在剧中，煨桑仪式的出现除了其本身所具有的文化符号意义以外，还具有深刻的象征意义。煨桑仪式的功能与目的是有所差异的。

首先，第一段的煨桑仪式极具仪式感，在僧侣的烘托下更体现出浓厚的宗教意义与内涵，具有祭祀天地诸神、祈福纳祥的象征意义。《文成公主》剧中以古老煨桑仪式作为整部剧的开端，预示着整台演出就像一场盛大的宗教仪式，文成公主的历史虽然久远，却始终值得歌颂。煨桑炉的出现将观众的视线吸引到了舞台一端白烟徐徐的煨桑炉，台上的演员倾情地演绎着这一古老而又流传至今的仪式。僧侣在神山神水、白塔、庭院居室、寺庙、修行圣地等可以供奉神佛的场所，在诵经的同时，通过在煨桑炉中焚烧特定的、具有一定香味的植物、植物制品、食品等，使煨桑炉产生浓烟，并以此来进行人与神的沟通和对话，而达到祭拜神灵的宗教仪式。

其次，结尾时的煨桑仪式与开篇的仪式相比之下有意识地遮蔽了煨桑仪式的神圣性，而保留了仪式的民俗特性。由两名普通的藏族姑娘进行仪式的整个过程，意味着祭祀的主体由僧侣变成了普通的藏民，而祭祀的意义也由原本的祭拜神灵转为祈福纳祥。这一变化体现了在不同的地点和环境下举行煨桑仪式具有不一样的功能和目的。例如，藏民在自己家里进行煨桑，多是为了驱邪、祭神。在藏民的观念中，白色的烟具有净化、清洁污秽之物的功能，能够使房屋、器具得到净化："……二是在屋顶上煨桑是为祭祀屋顶神，每逢藏历每月初八、十五和三十日或大小节庆、婚嫁、旅行等喜庆之时皆在此炉中煨桑祭祀屋顶神；三是为了祭祀自家的诞神和集聚区的地神，以此安抚神灵，让家人得到安宁和吉祥；四是祭祀自家供奉的神佛，为家人婚丧嫁娶、外出远行等驱邪、祈愿等。"①

（二）牛皮船与郭孜舞

牛皮船是一种十分古老的水上交通工具，由木头做成船架，后披牛皮制成，一条牛皮船大概需要两张牛皮。牛皮船吃水很浅，即使是在水很浅的湖里，也不会搁浅。而且，牛皮一入水，会被泡发，变得柔软而富有弹性，对水中的暗礁、尖石等物耐撞、耐磨。而且牛皮船很轻便，上岸时船工会将牛皮船船底朝外地背在身上，船随人行。这小小的牛皮船不仅仅是人们的交通工具，也是他们劳动之余的舞蹈道具。而背着牛皮船跳起的舞蹈叫"郭孜"。

1. 牛皮船的表现形式

在剧中，大唐与吐蕃的交界处，有一条河流，名为倒淌河。相传是文成公主路过此处，因为思念家乡忍不住流泪，倒淌河为了慰藉公主的思乡之情，原本自西向东的河流从此自东向西倒淌而去，故得名"倒淌河"。

---

① 崔粉亚:《浅析拉萨藏民族的煨桑仪式》,《大众文艺》2015 年第 13 期。

图 2-1 《文成公主》剧序中的煨桑炉

图 2-2 《文成公主》剧第五幕中的煨桑炉

当倒淌河的河水以写意的方式“流”[①]过的时候，三三两两的牛皮船出现在了舞台上。演员们身背牛皮船以“之”字形的路线走到了“倒淌河”边。

> 这个牛皮船有牛皮船舞，非常有特色。这个牛皮船舞叫“郭孜”，跳的时候有一个领舞叫“阿热”，阿热手里要拿着一个旗杆，其他人跟着阿热一起跳舞，边跳边用船桨打击船舷，大家就跟着节奏跳。这个舞蹈上身的动律比较少，下肢动作比较丰富，因为上身被固定住了，就是背着这个牛皮船，所以下肢的动作稍微多一些，还是以膝盖和脚下的动作为主。[②]

其实“郭孜”是一种船夫的娱乐舞蹈。“郭”在藏语中是牛皮船的意思，而“孜”意为舞蹈。在《文成公主》剧中，表演郭孜的舞者共有 42 人，分为三个小组。郭孜的演员全部为男性，这是因为牛皮船看着很轻巧，但实际上非常重，有 40 千克左右，许多男性群众演员都背不动，女性演员就更不可能了。第一组郭孜演员共 16 人，他们身背牛皮船，从舞台的 6 点位置直线上台，脚下的步伐随着音乐的节奏而呈现出抑扬顿挫的节奏感。第二组郭孜演员共 10 人，从舞台的 9 点位置直线上台，在舞台的最后方，也就是宝

① 在《文成公主》剧中，倒淌河的表现方式是比较传统的。由土黄色的长布条在舞台上盘旋出一条蜿蜒流淌的河流，故文中的“流”使用了双引号。运用布条来表现河流的手段是比较舞台化的方式，而并非现代实景演出或室外演出的最佳表现手段。

② 2016 年 8 月 27 日，于文成公主实景剧场，笔者对白芨导演就作品的创作与文化元素的选择，以及具体舞段的编排等进行的访谈。

瓶山的半山腰上。第二组演员的上场方式与第一组相同，但是在节奏上晚了一个 8 拍。第三组郭孜演员共 10 人，从舞台的 4 点位置直线上台，在舞台的中间区域，与第二组演员的上场节奏相同。但是在舞步上稍显复杂，呈现出 2 步向前、2 步原地踏步的脚下动律。4 个 8 拍之后，郭孜前三组的 36 名演员全部出场，然后两人一组，面对面，将背后的牛皮船两两相对，形成了一个类似于“帐篷”的造型。之后，在舞台偏后方的超长传送带上，第四组郭孜演员，乘着 6 只牛皮船，在传送带的运送下，缓缓划入舞台，好似在倒淌河中畅游，场景颇为壮观。由于舞台的空间纵深与层次分明，所以郭孜演员在舞台上呈现非常强烈的层次感，高、中、低三个维度的空间完全被郭孜演员布满，体现了一种低沉、大气的舞台表现力。

2. 牛皮船的符号意义

《文成公主》剧中所展现的郭孜表演主要流传于拉萨市附近的曲水县峻巴村和山南地区贡嘎县陇巴村。陇巴村是山南地区唯一一个以渔业为主的村庄。过去，渔民们要履行一些政府的长途运输的差役，运送一些藏茶、食盐等物。从墨竹工卡县到山南的沃卡需要经过一条 150 多千米的水路，于是渔民们将货物走水路运送到目的地，而后背着牛皮船，将自己的生活用品放在两个皮口袋里，驮在绵羊的身上，沿江返回，走陆路折返到陇巴村。一路上，牛皮船会发出一种“兹噶”“兹噶”的声音，伴随着绵羊脖子上的铃响，形成了一种独有的旋律。人们伴着这种独特的旋律形成了脚下的步伐动律，也就是今天的郭孜。

综上所述，牛皮船的符号意义包括两个方面：首先，在《文成公主》剧中牛皮船是藏文化符号的一种体现，同时也体现了一种独特的生产生活方式，而这种方式与当地人民千百年来的传统息息相关；其次，与牛皮船相生的郭孜是当地传统生活方式所派生出来的艺术形式，同样是构成藏文化体系的一部分。《文成公主》剧在文化符号的选择方面同样是出于以上两点，既要能够体现藏族文化的特征，具有代表性，又要与当地人民的生活方式密切结合、息息相关，还要具有一定的表演性与艺术价值。

（三）宝瓶山上的经幡

在藏区，经幡随处可见。作为一种独具特色的民俗文化，经幡体现了藏族人民独一无二的文化内涵。《文成公主》剧中最壮观的经幡图景出现在第三幕第二场的锅庄舞中。

1. 经幡的表现形式

在首次观看《文成公主》剧的表演时发现，舞台后方的宝瓶山上，密密的全是灯光设备，起初还有许多困惑和不解，远处山上的灯光会起到什么样的舞台效果。在第二幕锅庄的舞段表演中，宝瓶山上的灯光亮了，让人意外的是，远远地看上去，那是一片巨大的经幡。在夜幕与星空的映衬下，在灯光环境营造的氛围中，经幡造型十分的耀眼与壮观。从宝瓶山的山顶开始，一条条经幡向下蔓延，呈放射状铺散开来。剧中的经幡较之正常的经幡面积要大得多。每条经幡的长度都在 80 米以上，因为只有这样，才能从宝瓶山的山顶一直铺到山脚。整片经幡共有 82 条，密密地铺满宝瓶山。在藏传佛教中，经幡作为人与神灵沟通的媒介，被风吹动一次就意味着诵念经文一遍，同时也意味着神灵的驾临。

图 2-3 《文成公主》剧第二幕中的经幡

2. 经幡的象征意义

首先，在日常的社会生活中，经幡是藏区常见的一种民俗文化，由于这种民俗文化的识别度非常高，因此具有民族文化的符号意义。来自内地的观众很容易被这种独具特色的民族文化符号吸引。《文成公主》剧是一出集藏文化于一身的综合类演艺作品，时刻要体现出民族文化的特性与差异。因此，经幡的出现是作品的创作者对于民族文化差异性的模塑与强化。

其次，经幡作为一种宗教文化的符号体现，其本身代表了藏族人民对于宗教的理解与认知。《文成公主》剧中的经幡包括蓝、白、红、绿、黄五色，关于经幡的颜色，存在两种意义的解读。一方面认为："最顶端为蓝色幡条，它象征蓝天；蓝色幡条下面是白色幡条，象征白云；白色幡条下面是红色幡条，象征火焰；红色幡条下面是绿色幡条，象征绿水；最下面的幡条是黄色，象征黄土，或者大地。”[1]其中蓝天代表天界，象征天神；白云代表空界，象征念神；火焰即霞光，代表中界，象征赞神；绿水代表下界，象征鲁神；土地代表地界，象征土主。[2]上述这五种色彩的排列顺序与我们日常生活中所见到的自然现象密切相关。蓝天下有白云，大地上有火焰；低洼处是绿水，最下面是土地。这是合乎自然规律的。另一方面认为：五色对应着金、木、水、火、土五行，白色为金、绿色为木、蓝色为水、红色为火、黄色为土。五行与十二生肖相结合，形成了藏文化中关于命相的解释。于是，“金命用白幡、木命用绿幡、水命用蓝幡、火命用红幡、土命用黄幡。正是这五色斑斓，构成了天地圆满”[3]。而《文成公主》剧则采取了蓝天、白云、火焰、绿水、黄土的意义，以表现藏族人民朴素的自然观以及人与自然和谐共生的思想。

（四）五彩缤纷的哈达

在《文成公主》剧的结尾处，出现了象征着吉祥幸福的哈达。在最后一幕文成公主与松赞干布大婚的场景中，全体演员双手执哈达，向前来观看的观众献上祝福。我们常常见到的哈达多为白色，藏族同胞对白色有着不一样的信仰与崇拜，这一点在后面的论述中会有具体的探讨。不太常见的哈达颜色有蓝色、红色、绿色、黄色，而通过对资料的分析和访谈发现，关于这四种色彩的象征意义与文化内涵与上文中所提到的经幡的色彩基本一致。《文

① 次多:《祈求福运升腾的象征物——经幡》,《西藏人文地理》1997 年第 3 期。

② 参见尼玛央宗《论藏传佛教经幡的文化特点及宗教功能》，硕士学位论文，中央民族大学藏学研究院，2013 年。

③ 王家骏:《藏区的经幡》,《资源与人居环境》2010 年第 5 期。

成公主》剧的结尾处则选择了五彩哈达来传递祝福与吉祥。

1. 哈达的表达方式

在以藏文化为核心内容的演出中，哈达的出现已经不再陌生。哈达早已成为一种极具民族特质的标志性符号。在许多作品中，哈达成为舞蹈的道具，成为谢幕时的礼赞，同时也是对民族文化的尊重与敬仰。例如，在作品《哈达献给解放军》中，哈达既是民族属性的体现，也表达了藏族人民对亲人解放军的尊敬与爱戴。在《文成公主》剧的结尾，哈达的出现预示了全剧的终结，同时也象征了整个剧组对前来观看演出的观众的祝福。

在结尾的舞段中，手执哈达的舞蹈演员分 5 组上场，5 组演员手执 5 种不同颜色的哈达，分别是白色、黄色、蓝色、绿色、红色。全体群众演员，共 850 人，双手托着圣洁的哈达，在“天下没有远方，人间都是故乡”歌声

图 2-4 《文成公主》剧尾声中演员向观众献哈达

的映衬下，由下场口的位置向舞台中间奔跑，直至所有人将舞台布满。而后，站在舞台前两排，手执红色哈达的男舞者，双膝跪地，将手中的红色哈达托至头顶，双目看向远方；站在第三、四排的舞者，双脚分开，与肩同宽，将手中的黄色哈达缓慢地托向斜上方的位置；站在舞台两侧及第五、六排的舞者，双脚分开，与肩同宽，将手中的绿色哈达缓慢地托向斜上方 45 度的位置；站在后排的女舞者，以及站在大型道具“布达拉宫”上方的舞者们，双脚合并，恭敬地将手中的白色哈达托起；而站在最后方、宝瓶山山腰上的舞者，将手中的蓝色哈达托起。全场的舞者，在音乐的配合下，双手握住哈达，在头上慢慢地合拢，并放下，直至胸前，而后打开双手，摊开哈达，向前来观看的观众呈 90 度鞠躬。之后，舞者双手托着哈达，走到台口的位置，形成横排的队形，向观众再次行礼。献哈达的时候，演员们均手捧哈达面向观众，以示对观众的尊敬，以表示整场演出的结束。

2. 哈达的象征意义

在结尾的舞段中，手执哈达的舞蹈演员分 5 组上场，5 组演员手执 5 种不同颜色的哈达，分别是白色、黄色、蓝色、绿色、红色。在舞台的表演中，这 5 种颜色同经幡的象征意义相同。但是，将献哈达的情节放置在作品的结尾处，意为在向观众献礼的同时也具有祈福的含义。

（五）转经筒与佛祖十二岁等身像

藏民大多信仰藏传佛教，供奉释迦牟尼佛祖。藏民为积功德，多念经祈福，于是“转经”成为藏传佛教中必不可少的功课之一。在藏区大大小小的寺院中，转经筒是最寻常不过的法器了。

1. 转经筒与佛祖等身像的表达方式

在《文成公主》剧中，转经筒的出现总是与释迦牟尼佛祖十二岁等身像相辅相成。第一次出现转经筒是在《文成公主》剧的第四幕第二场。文成公主一行人走在雪山之上，肆虐的风雪将前行的队伍吹散，释迦牟尼佛祖等身像的座驾在风雪中向山下滑去，众人在禄东赞的指挥下迅速集合起来。此时，有五个人牵着绳子，弓起脊背，努力地向前方拽去，后面的队伍在车驾后方合力向前推去。人们在风雪中嘶吼着、使尽全身的力气还是无法让车驾前进。禄东赞在指挥队伍时发现，文成公主也在推车的队伍中，于是将其强行拉开，可是公主倔强地甩开了禄东赞的手臂，毅然决然地加入推车的队伍中。终于，天空中一声响雷，所有的风雪都停了。同时，在舞台的后方出现了一位身着红色僧袍、头戴黄色僧帽的上师，他双手合十放在胸前，步履稳健，横穿舞台。在他身后，陆续地出现了 11 个转经筒。在舞台的 8 点方向，零零散散地出现了一些僧侣的身影，他们同样身着红色的僧袍，双手合十放在胸前，头部微微前倾，用不急不缓的步子，从容地走到舞台上。

在两个乐句之后，舞台上共出现了 17 位僧人，以不规则的队形，零散地站在舞台上的各处，但是所有人都面向释迦牟尼佛祖等身像所在的位置。在第 3 乐句时，载有释迦牟尼佛祖等身像的车子发出了耀眼的金光，禄东赞醒来，搀扶起文成公主，喜悦不禁。而后，众人在禄东赞和文成公主的搀扶下逐渐苏醒。之后随行的众人后退至舞台的 4 点方向，面向佛祖的车驾，形成了一个规整的方块队形，每横排 7 人，共 7 排。文成公主与禄东赞背对 1 点方向，面向佛祖的车驾，行叩拜大礼。于是，众人在公主与禄东赞的带领下，依次向佛祖行叩拜大礼。叩拜后所有人双膝跪地，双手合十于胸前，望向佛祖等身像。几秒钟之后，也就是在第 4 乐句的开端，佛祖等身像的座驾奇迹般地动了起来，而后，文成公主起身跑到座驾后面，面向车驾行进的方向，行三步九叩大礼，众人随公主一同行礼，直到音乐渐停，灯光暗下。

2. 转经筒与佛祖等身像的象征意义

在遭遇雪崩时，转经筒与僧侣营造了一种宗教性的神秘氛围，构成了宗教仪式感。转经筒作为一种宗教的象征出现在舞台的后方。释迦牟尼佛祖等身像象征了人性本善。释迦为“能”的意思，牟尼本身就具有“仁”“儒”“忍”“寂”的意义。在佛教的教义中，人人都有无差别的佛性，在危难之时救人于水火是人性本善的体现。文成公主对于宗教的虔诚与信念也预示着她心中有慈悲，意志坚定，必定会突破千难万险，到达吐蕃，完成汉藏和美的使命。

笔者认为，如何将一个故事“讲述”成“有意味的形式”，是许多艺术家所毕生追求的事情。《文成公主》剧中有许多碎片化的文化符号，如煨桑炉、卓舞、锅庄、民歌、藏戏、服饰、牛皮船、打阿嘎、转经筒、经幡，等等。而这些看似凌乱的符号背后实则有一条极为隐秘的线索在进行着勾连，就像串起散落的珍珠一样，织成了一张意义之网。舞台作品本身就是一个符号与意义的集合体，它源于淳朴的生活却有别于自然的生活，虽从中可以窥探到生活中的蛛丝马迹，却永远也无法复制生活的本真。

二、进藏之路的意义表述

以民族文化为主体内容的舞台作品，其内容大多具有独特的民族文化特征，而这种文化特征的表述脉络多以民族史诗、神话传说等为线索来进行。

每一部艺术作品中的各种表演形式都可以被视为一个庞大的符号集群，其中又可以按照音乐、舞蹈、戏剧、服饰等分化为若干个符号类群，这些符号共同构成了文本叙事的语言。因此，对于一部艺术作品来说，文本叙事均是其内核。

（一）文本选择的政治意义

首先，从政治意义上来看，和亲政策对于“君臣”理念的形成、边疆民族政权政治地位的提高均具有一定意义。和亲并不仅仅指因公主出嫁而缔结的一种婚姻关系，它还包括与婚者双方的名分、赠礼、因婚姻关系达成而带来的种种亲善同盟的意义，以及象征着统一共荣的“天下观”的形成和完善。由汉至唐，从昭君出塞到文成、金城公主入藏，史学家对历朝历代的和亲政策也是褒贬不一。批评者多认为“此策系一屈辱表现，靠一‘弱女’以求国家苟安，且在效果上未必能完全达到阻止敌人入侵之目的”[①]。既如李山甫的诗云：“遣妾一身安社稷，不知何处用将军。”又如杜甫《即事》道：“闻道花门破，和亲事却非。人怜汉公主，生得渡河归。”而这种强烈的屈辱感的来源则是没有对边疆以及民族的内涵予以更为深刻的理解和认识。批评者产生了这种屈辱感主要是对边疆民族缺乏一种深刻的“民族认同”，以及所谓的“华夷之辨”的大防。在唐代广阔的“天下一统”观的观照下，边疆民族为中华民族整体中的一部分，番邦异域不过是远离中心统治区的他乡。对于和亲的公主来说，他乡虽远，亦是“故乡”。赞同者普遍认为：“和亲确非完全有效，应当视和亲的对象及当时的局势而定，尤其对边疆民族经济需

① 林恩显：《中国古代和亲研究》，黑龙江教育出版社 2012 年版，第 193 页。

求的考量。然而其在‘君臣一体’理念的形成、边疆民族政权地位的提高、民族融合、文化交流、经济繁荣及‘丝绸之路’之拓宽等方面的影响确是深远的，切不可低估。此外，从长远角度看，和亲也有益于中华民族的认同与团结。”[①]

其次，从国家的政治战略角度来看，文成公主作为唐蕃和亲的使者，同时也肩负汉藏文化、经济、政治交流的重任。唐代是我国古代政治、经济、文化的集大成时期，多民族统一的盛世局面是多种因素相互作用的结果。和亲作为一种“外交政策”，在历朝历代其影响和意义都是巨大的。从民族关系方面来看，和亲促进了民族融合，加强了中原地区与边疆地区的民族交流，增进了民族之间的感情。

（二）进藏之路的符号体现

> 走不到的地方是远方，回不去的地方是故乡！
>
> ——《文成公主》第一幕

《文成公主》剧以“进藏之路”作为叙事主题，以文成公主的视角观沿途人文风貌，以地缘的变化与差异凸显藏文化的符号特征。“进藏之路”作为一种过程性的文本表述，具有多层级的文化内涵和意义。

① 林恩显：《中国古代和亲研究》，黑龙江教育出版社 2012 年版，第 193 页。

1. 体现了文化地貌上的差异

对于旅游演艺作品来说，这种“差异”的产生是被强化的。在《文成公主》剧的场馆中，拥有一个可供800余名群众演员更换服装道具的硕大公共换装间。这个公共换装间分为两个区域——“吐蕃”与“大唐”。每天，800余名群众演员就在“吐蕃”与“大唐”之间游走、穿行。很多演员表示，这种感觉很特别，好像每天都在“穿越”。剧场之所以这么设计，是为了方便台上的演出。整个《文成公主》剧的前半场表现的是大唐境内的人文风貌，而以日月山为界，进入吐蕃境内。剧情的推进随地理位置的变化而进行。对于一个演艺作品来说，地理位置的变化、文化环境的迁移是文本戏剧性“冲突”[①]的焦点。在《文成公主》剧中，汉藏文化之间的强烈对比通过各种各样不同的艺术手段得以彰显。服装作为显性因素之一，表现得最为直观和强烈。

从第三篇章文成公主摔日月宝镜、蹚过倒淌河开始，行走的沿途出现了三三两两着藏服的百姓。而背后以宝瓶山为背景的天幕也在灯光舞美的配合下出现了巨大的经幡图景。每次在剧场观看该段情节时，几乎都会听到身边的观众情不自禁地说“到了”“离开大唐了”“到吐蕃了”“不一样了”，等等。这种对于异文化符号敏锐的捕获能力是共有的，也是普遍性的。文化因差异而被认同，也因为差异而丰富。尊重文化的差异性就是尊重文化的多元意义。观看《文成公主》剧的观众以外地游客为主，对于置身于异文化中的任何外来者（旅游者）来说，观看一场演出、欣赏一个作品、聆听一首当地

① 这里所说的“冲突”指艺术作品创作过程中，为了达到一定的戏剧效果而产生的一种艺术表现手段。法国戏剧理论家布伦退尔在《戏剧的规律》中，把冲突作为戏剧艺术的本质特征。

图 2-5 群演们在休息

的民歌都是对当地文化的了解与探察。而了解与探察文化之间的差异性是引起外来者好奇心和神秘感的最好方式。演艺作品的生成构建了一个全新的艺术场，在这个场域中，强烈的代入感使旅游者身临其境，仿佛穿越到了一个幻想中的世界。

2. 体现了不畏艰险的品格

进藏之路也是一次心灵的洗礼与心智的磨砺。“这个被符号化了的文化的文本表达根本不在于描述文化的物质面貌，而在于表白其精神实质，即意义。”①

① 李昕：《〈尼加拉：19 世纪巴厘剧场国家〉——文化的文本式阐释的一个范例》，《西北第二民族学院学报（哲学社会科学版）》2008 年第 2 期。

贞观十五年（641），文成公主年仅16岁，出长安，去他乡。临别时，唐太宗李世民曾赠予她一面日月宝镜，相传可以透过镜子看到故乡的亲人。文成公主一行人走到倒淌河边，站在河岸上，回望来时路，翠柳荫荫、炊烟袅袅、繁花似锦，一派富庶景象；西往去处寻，草原茫茫、天高云淡、牛羊成群，均是异域他乡。倒淌河边，公主拿出日月宝镜，勾起思乡之情。看着宝镜中长安市井的繁华，歌飘舞袖飞扬；想念家中的兄弟姐妹，白发端坐高堂。思乡的惆怅像是一阵寒风，穿透了每个人的心房，泛着酸楚与凄凉。看着前路"西风古道马背残阳，大河东流浪追着浪"。心中念着"征蓬万里乡愁绵长，大唐人过了河就别了大唐"。一行人站在这片土地上不忍前往，回望故乡。就在此时，文成公主顿感惭愧，作为大唐的公主、和亲的使者，怎能如小女儿一般哭哭啼啼柔弱心肠。于是登高处，愤然摔碎日月宝镜，断了家乡的念想。而后道出了"天下没有远方，人间都是故乡"的感慨。文成公主在经历摔碎日月宝镜的这一戏剧性故事节点之后，俨然成为和亲团队的核心凝聚力，志在四方、胸怀天下的气度油然而生。进藏之路作为《文成公主》剧的核心主线，倡导的是一种家国天下的精神与情感，而这种情感的号召力是极为强大的。艺术的独特性在于通过不同艺术形式的传播与表达，引起欣赏对象的心理共鸣，从而获得艺术体验。

关于该段情节，笔者于2016年9月10日，在《文成公主》剧实景剧场的主演化妆间中采访文成公主的扮演者之一董双，她说：

每次演到这个情节的时候，我都忍不住落泪。因为我家是山东济南的，从山东来这边（拉萨）真的好远。刚到这里时举目无亲，孤身一人，虽然剧组的人都很照顾我，可还是难免会想家。每每唱到"诗

图 2-6 《文成公主》剧第二幕倒淌河边

书礼乐清雅，齐鲁礼仪之邦”这句的时候，我的眼泪就总是忍不住地流下来。因为我是山东人，齐鲁啊，我的家乡啊！虽然我与文成公主相隔了 1300 多年，但我特别能够体会那种独在他乡的心境。我来这边还不到一年，有时就在想，特别想念爸爸妈妈，文成公主在这边一待就是几十年，这该有多么强大的内心！①

苏珊·朗格说：“所谓艺术品，说到底也就是情感的表现。……是一种处于抽象状态的表现，这种抽象表现也叫符号性的标示，它是艺术品的主要功能，也正是由于这种功能，我才称一件艺术品为一种‘表现性的形

① 2016 年 9 月 10 日，笔者于文成公主剧场对文成公主扮演者董双的采访。

式'。"[①]旅游演艺作品是基于旅游业而产生的艺术作品，其本质属性兼具演出与艺术两个内涵，即作品本身应是商业价值与艺术价值的集合体。

笔者认为，对于舞台表演来说，生活中的狂欢以及其背后的使用价值已不再具有十足的意义，而舞台上的景观才是艺术符号构建出来的意象。人们在生活中所使用的牛皮船在舞台的空间中已经具有了不一样的意义和价值，其功能不再是运输、过河，而是作为极具藏文化元素的一种标识性符号，向观众诉说着属于这里的古老文明。同样，民族服饰、锅庄、煨桑炉、转经筒、经幡等体现的是一种朴素的生活状态，而这种表演的行为在努力还原事物原貌的同时也在不断地巩固和突出这种"生活习俗"的独特性，并形成一种具有强烈的民族性的文化符号。在作品的创作过程中，民族性的符号萃取成为突出民族特性的手段与方式，在巩固以"藏文化"为核心的演艺作品的同时，民族文化元素的选择是有目的的，而并非随机的。其标准是以其所代表的文化意义是否具有强烈的民族特性为依据，并在创作与艺术化的过程中巩固了民族特性的生成与发展。

---

① [美] 苏珊·朗格：《艺术问题》，腾守尧、朱疆源译，中国社会科学出版社 1983 年版，第 121 页。

第二节 “文成公主”的演绎

对于一部艺术作品来说，不论是一幅画、一首歌，或是歌剧、舞剧、音乐剧，抑或是电影，主人公的形象塑造都是核心内容。而其中的“形象”不仅仅指外部的观感与人物的性格，还包括作品借以主人公所经历的事件企图传递的思想与价值观。“对于一个扮演特定角色的演员而言不具有任何意义的事物，对于一个观察和分析整个体系的人来说，也许有着很高的价值。”① 这是一个文化输出的过程，也是一个思想塑造的过程。

一、编导心中的大唐公主

1300 多年前的一位大唐公主，她的故事流传至今，而她的形象早已模

① ［英］维克多 · 特纳：《象征之林——恩登布人仪式散论》，赵玉燕等译，商务印书馆 2006 年版，第 27 页。

糊在了浩瀚的史料之中。编导们发挥自己的想象力，从吉光片羽的历史中，寻找着文成走过的痕迹，努力地拼贴着这场传奇。

（一）身体形态的“规矩”

文成公主作为大唐和亲公主，在人物性格塑造上必定有许多的符号与标签。白茇编导[①]认为：

> 文成公主是一个大唐公主，高贵典雅的气质应该是与生俱来的，这一点是她从小生活的环境所决定的，同时她又是一个很大气的女人，因为只有这样，最后她才能说出“天下没有远方，人间都是故乡”的话。所以，我在这个人物的性格上，是觉得文成公主要有这种宽广的胸怀。所以，这个人物的举手投足都要有“法儿”，不能像普通百姓的动作那样，要有规矩。[②]

从上述访谈内容中可以看出，白茇编导对于心中文成公主的形象归纳为：高贵、典雅、端庄、大气，同时举手投足要有规矩。而这些又都是文成公主内在气质的一种外化体现。如何在作品的排演过程中体现出以上的特征是一个逐渐打磨的过程，尤其是“规矩”要如何体现。其实，这里所说的

---

① 白茇兼具导演与编导的双重身份。前者主要负责全剧的统筹设计与规划，总揽全局；而后者则主要负责一些具体的排练内容，包括主要演员的动作编排与细化、具体舞段的创作等。在该章节中，所阐述的内容是白茇作为编导的工作内容，所以，这一部分称之为白茇编导，以与前面的内容有所区分。

② 2016 年 8 月 28 日，于文成公主剧场排练场笔者对白茇编导的采访。

“规矩”“法儿”其核心内涵是肢体语言所体现出来的规格性。而如果将这种规格性放在实际的动作中，则表现为具体动作与身体形态的收放自如。《文成公主》剧中关于这一点，主要体现在以下两个方面。

1. 对芭蕾舞姿的借鉴

芭蕾舞起源于文艺复兴时期意大利的宫廷贵族，被誉为西方的古典舞，具有十分严密的训练体系与规格性，脚下的位置与步伐、上身的挺拔与手臂的动律、造型均有一定的规范和标准，可以说是目前最具程式化和规范性的舞种之一。《文成公主》剧中对于芭蕾舞姿的借鉴主要体现在演员的身体形态方面。

文成公主的扮演者一共有五位，其中三位汉族演员是这一季的新公主，许多地方都需要不断地细化与磨合。在演出的过程中，白茇编导几乎每天晚上开演前都针对三位新演员出现的不同问题进行短暂的调整。例如，在排练的过程中，白茇编导认为公主西行之前的动作和走位完成得不好，因此，她自己不停地做着示范、抠动作细致入微。《文成公主》剧第一幕的表演者是董双，转身动作的头部与身体的配合没有达到预期的效果。白茇编导表示：“这个身体要先走，然后头再转，眼睛要从这边（8点）看到2点，然后慢慢收回来，眼睛里看着远处的山河、故乡，心中要有感情。”[①] 董双一遍一遍地练着动作，但是白茇编导感觉还是哪里不对，少了点公主的大气。经过了几番修改之后发现，问题出在演员的手臂动作上。公主是皇家贵胄，举手投足要体现出高贵典雅的气质，而演员的身材有些瘦小，加之舞台空间过于开

① 2016年9月20日，于文成公主剧场笔者对白茇编导的采访。

图 2-7　贺沙剧照

阔，演员的位置与观众席的距离比较远，距离会使人的视觉感知度变弱，所以公主的气场始终难以有突破。在舞台表演中，手臂动作的延伸是可以打破物理上的局限起到拓展空间的功能和作用的。白茇编导要求演员的动作由双臂自然下垂改成类似于芭蕾二位手一样的、向两侧架起。这样，一来使身体得到空间上的延伸，动作更为舒展；二来公主华丽的服饰也可以得到更好的展示。此后不仅仅是这一个动作，剧中文成公主的大部分动作多以舒展、开阔的芭蕾式舞姿为主，甚至出现了类似于古典芭蕾中第一 Arabesque（迎风展翅式）的舞姿等，体态也多为上扬的感觉。

之后，剧中公主出场的造型几乎都是双臂屈肘，架于胸前，上身微微后仰，而视线略高于平行点；体态倾斜的角度也有了调整，幅度不能过大，这样有失公主的端庄，但是也不能太小，介于舞台的空间感，幅度过小，距离会“吃掉”动作；步伐也要稳重，基本的律动方式以三步慢而后快的方式进行，在慢走的三步之后一般会增加一个“气口”即呼吸，以达到与音乐节奏相契合的目的。如此一来给观众带来的视觉效果也更为协调。起初，董双总是达不到导演的要求，用她的话来说就是“尺度拿捏不到位”。经过了几个小时的“抠动作”，在不断的修正、调整、磨合的过程中，公主终于有了些“规矩”。

2. 对佾舞仪制的借鉴

对于宫廷艺术来说，严格的程式与规范的动作是一种极具普遍性的特征。例如，我国古代的宫廷雅乐——佾舞，亦是如此。佾舞为宫廷队舞，一佾为八人，八佾六十四人，天子出行为八佾，各级官员均有相对应的等级标准，如若越矩，则为不恭。《论语・八佾》中曾记载：“孔子谓季氏：‘八佾

图 2-8 主演在单独排练

舞于庭，是可忍也，孰不可忍也。'”东周春秋时期的鲁国三桓之首季孙氏打破了原有的礼乐制度，越矩出行，用了八佾的大型乐舞队，以至孔子发出了“是可忍也，孰不可忍也”的呼声。可见，宫廷艺术的美感包含了仪式的内容，这一点与严格的规范和既定的程式是分不开的，宫廷艺术需要一点“规矩”。《文成公主》剧在角色的塑造方面，除了在肢体形态上借鉴了西方芭蕾舞的舞姿造型以外，为了体现公主的端庄与规矩，在公主随从的仪制方面也进行了一番考量。例如，《文成公主》中公主出行总是保持 4 人一排，共 8 列的队伍，等等。

（二）反贯穿的阻碍

贯穿动作与反贯穿动作是斯坦尼斯拉夫斯基表演体系中的一对概念，形象的塑造不仅仅是一个面对观众的行动结果，而是一个丰富且立体的表演过程，斯坦尼斯拉夫斯基把这个过程称为“交织成缆索一般、奔向最高任务的心理生活动力意象的线。现在，由于它们发生了根本变化并向角色接近了，我们称之为‘贯穿动作线’”[①]。贯穿行动线是需要设计的，在设计的过程中则需要反贯穿行动线的辅助才可以完成。

在《文成公主》剧中，文成公主一行人东出长安城，向西眺望，她的目的地只有一个，远在千里之外的逻些，而无论途中经历多少艰难困苦，走到逻些这一贯穿行动线都不会因此而折断。在这个跨越了三年寒暑的旅程中，反贯穿动作的阻碍随时可能出现，对于故乡的思念、对于未知的惶恐以及来自雪山的威慑等。这些情节与动作在慢慢地推动着文成公主的形象逐步地接近存在于想象中的“理想形象”。

1. 反贯穿动作一：思乡

初出长安的文成公主怀揣着对松赞干布无尽的想象，以一种小女儿之态充满了对未来生活的无尽遐想。苍穹星斗转，日出月落之间已来到唐蕃的河界，再回故乡似已今生无望，16 岁的公主第一次感受到了来自心底那种强烈的思念，也第一次在大唐的国界处明白了什么是家国与远方。如公主所唱：“我本是大唐和亲使者，生就了男儿胸襟志在四方。碎宝镜莫回望，且断了思乡念想。家国事儿女情，都写在和亲路上。”[②] 在第二幕中，文成公主一行人马，浩浩荡荡地走出长安城，沿路的百姓们不停地挥别着衣袖，告

① ［苏联］米・尼・凯德洛夫主编：《斯坦尼斯拉夫斯基全集》（第二卷），林陵、史敏徒译，中国电影出版社 1959 年版，第 429 页。

② 史诗剧《文成公主》第二幕歌词。

图 2-9　载有释迦牟尼佛祖等身像的道具车

别远去的队伍。此时，耳边响起荡气回肠的歌声：“走不到的地方是远方，回不去的地方是故乡……”[①] 走啊走，不知多久，和亲的队伍走到唐蕃河界，人们忍不住回头望，望着来时路、望着故乡云，思乡的念想像瘟疫一样在人群中蔓延。女儿是水做的骨肉、泥做的肝肠，谁不想在那翠柳含烟的故乡，陪伴日渐白发的爹娘。公主的心乱了，拿出贴身的日月宝镜，想看看家中的光景，谁知道镜中的长安繁华巷、大唐富庶邦、齐鲁诗书乐、两岸米面香……这种种的景象动摇心中的信念，于是文成公主摔碎宝镜，斩断乡愁，

① 史诗剧《文成公主》第二幕歌词。

而后说："天下没有远方，人间都是故乡！"[①] 从此以后，文成公主走过倒淌河，踏上了吐蕃的大地……

这是剧中关于文成公主的第一个反贯穿阻碍，也是一个极为重要的思想转折。导演在此处的抒情环节安排得恰到好处。整部作品是文成公主的进藏之路，也是文成公主的成熟之路。在这个过程中，导演努力地突出文成公主的"变"。这种变不仅仅是年龄的增长，还有心智的成熟。导演在这里的铺垫是很重要的，反贯穿动作不仅仅是为了剧情的跌宕起伏和引人注目，还对后期人物的塑造和剧情的发展起到一定的推动作用。

2. 反贯穿动作二：雪山

第二个反贯穿的阻碍来自第四幕中的雪山。为了到达逻些，和亲队伍不得不翻越雪山，才能到达目的地。不幸的是途中遇到了雪崩。雪崩作为一种自然现象，成为阻碍和亲队伍前行的最大阻碍。音乐剧版本对该段落的演绎更为细致和鲜活。风雪过后，人们渐渐地从噩梦中苏醒，而公主却失去了踪迹，同行的禄东赞召集人马在这片雪域中搜索着公主的身影。公主在苏醒的一刹那仿佛见到了佛祖，释迦牟尼佛祖十二岁等身像依旧稳稳地端坐。公主起身遇到了前来寻找的人群，此时佛光普照，众人向佛像叩拜……《文成公主》剧中对该段情节进行了一定的增删，雪山前行中对观众席增加了人工降雪的环节，使每一个坐在观众席的观众都能够得到一种身临其境的切身体会，从而加深对该段落的理解，引起共鸣。除此以外，《文成公主》剧还抛弃了众人寻找公主的场景，改成了互相搀扶，佛祖显灵的桥段增加了许多身

① 史诗剧《文成公主》第二幕歌词。

着红袍的僧侣，以宣示这一带有宗教性的仪式环节，使得舞台被一种更为神秘和祥和的氛围笼罩。通过第二次反贯穿动作的阻碍，文成公主的形象中融入了一种潜移默化的宗教色彩，这一点为后世文成公主进入藏族的神学体系，成为度母的化身起到了草蛇灰线、伏脉千里的作用。

笔者认为，对于作品的编导来说，文成公主在她的心中是一个“理想的形象”，而这个理想的形象仅存在于想象之中，如何将这一形象具体化是舞台艺术的最终目标。在这个具体化的过程中，不仅仅需要演员在脑海中树立同样的理想范本，更需要外部条件淋漓尽致地刻画，以辅助舞台展现。例如，古典名著《西游记》中师徒四人历经九九八十一难，途经十万八千里，终到西天求取真经。而这十万八千里的旅途之艰辛与不易是通过这八十一次的性命攸关与重重困阻的考验才得以体现的，这是一个具体化的过程。同样，在文成公主的进藏之路中，总会遇到诸多坎坷与磨难，但是这些困苦最终都会成为文成公主利刃的磨刀石。在这个过程中，反贯穿动作作为贯穿动作的阻碍力量，为人物的塑造和剧情的推动起到了至关重要的作用。

舞台艺术作品需要通过设置悬念、穿插偶然性的巧合、制造戏剧性的冲突等手段将故事推向高潮，从而激发观众的期待心理和观赏欲望。《文成公主》剧的大主题是“汉藏和美”，而文成公主作为和亲使者是实现这一伟大理想和主题的关键，她的成长与光环的形成不仅仅是自我对角色的理解和塑造，还包括外部冲突与矛盾，即反贯穿动作的积压与磨砺。

二、演员心中的吐蕃赞蒙

在作品的创作过程中，对于演员本身的淬炼也是极为重要的。对于这一点可以从两个方面来看，一是导演对角色本身的构思与锻造是否符合主题思想，二是演员对于角色的理解与塑造是否与编导的预期相符合，双方对于主题思想的理解是否存在误判。前者可以通过剧情的编排，通过外部的冲突与矛盾，即反贯穿动作进行主题思想的表述；而后者则要通过演员对于角色内心情感的整体构建，并通过肢体、表情、动作、节奏、眼神，以及与他人的交流、互动、配合等方面才能够体现。这一点除了对角色要具有深刻的理解以外，演员内心情感的丰富性与本位体验的经历也是不可或缺的。如此，通过两方面的结合才能形成一个较为完善、丰满的人物形象。在剧中，关于演员对角色的塑造可以从两个方面来分析。

（一）身体肌肉的“记忆”

对于一名舞台演员来说，训练有素、灵活自如的身体是必备的条件之一。在舞台表演中，肢体语言的表达与声音的表达一样具有魅力。在上述内容中曾经提到，编导对于身体的要求十分敏感且精益求精，那么，这一点对于该剧作的演员来说，则体现为一种强制性的身体肌肉记忆，即以无限的数量积累而达成一种习惯。

1. 重复的力量：规格

对于身体训练来说，重复性的训练是十分重要的。舞蹈演员几乎每天都要进行基本功训练（简称“基训课”），并通过长期的基训课以保持身体的灵活度、协调能力以及肌肉的记忆能力。在重复性的训练过程中，对于动作完成的精准度可以超越中枢神经的有意识支配进而达到一种近似于默认的、习惯性的无意识动作反应。例如，一位训练有素的舞者可以将腿抬到极为精准的 45 度高，而不需要工具的测量。这是因为，在长期的训练过程中，腿部肌肉的控制能力增强，肌肉的密度与感知度同时提高，在动作的过程中，神经系统可以快速地捕捉到并控制肌肉的力度，以快速、精准地完成动作。所以从这个角度来说，动作的规格性是可以通过肌肉记忆来完成的，而肌肉的记忆是重复训练的结果。

这一点在演员们的日常训练中即可得到印证。例如，在对文成公主步伐的训练中，许多演员都曾经反映过，脚步的力度是比较难把握的，轻重缓急都有固定的要求，而要达到并且完成这些要求只能在不断重复的训练过程中得以解决。在第一季与第二季的文成公主扮演者杨欢的访谈中，她也曾经提到，对于作品中所要求的体态与步伐，只能通过不断的、反复的训练才能够达到要求。杨欢表示：

> 对于我来说，最难的就是公主的走路。这个脚下的步子不能大、不能小，也不能重，要很轻盈的那种，但是又要很稳。比如，这个脚要脚后跟先着地，然后是脚心，然后是脚掌，最后是整个脚落地，然后走的时候上身不能晃，要很稳，也不能左右摇摆，这个实在是太难了。刚开始的时候我都不会走路，总是找不到感觉，练习了很久。①

2. 真实的体验：力度

艺术源于生活却高于生活，对于演员来说，如何将舞台上的人物刻画得出神入化是其毕生所追求的目标之一。对于表演来说，其核心的标准无外乎

① 2017 年 6 月 22 日，笔者于北京对杨欢就文成公主的角色塑造问题进行的访谈。

一个“真”。而这种真不仅仅体现在内在情感的真挚，同时也体现在外在体验的真实。所以在许多作品中，“真”能够体现出震撼人心的效果。例如，在《文成公主》剧中，当真正的牦牛被牵上舞台、当真正的羊群被赶上宝瓶山、当雪片随风飞舞落在观众的脸上时，这些都是构成“震撼”的原因。在作品的创作之中，真实的体验还体现在演员肢体表达的力度方面。

在第四幕过雪山的情节中，为了凸显风雪的肆虐，情节设计文成公主在风雪中摔倒在地。那么如何表达瞬间倒地的失重感是演员亟待考虑的问题。在作品的演绎中，起初演员为了凸显情节的真实性，而放弃了身体的自我控制，选择无控制下的摔倒，以通过真实的体验过程来感受身体落地的力度。这种完全真实的表演方式显然不能够长期地支撑舞台表演。所以，在几次摔倒的过程中，演员通过对力度的感知逐渐开始运用身体的关节与肌肉，在保持视觉感官的基础上，减轻身体落地的实际重量。

（二）演员的二度创作

表演的含义并不只限于模仿与复制，而是将其精神内化后通过肢体与语言表达的一种外化表现。对于演员来说，舞台上的角色并不只是编导头脑中的概念，而是在对编导构造的角色进行充分理解后，加之个人感悟的一种深刻的解读和重构。二度创作是表演的真实性与创造性的协调统一，是在尊重编导意愿的基础上进行的。演员的二度创作既是对于编导心中角色的重新认识与塑造，亦是自我情感的深刻共鸣与传递。

1. 演员对角色的再理解

演员在表演的过程中，对于角色的最初感知基本来源于编导所塑造的角色概念，这种概念是抽象的、不具体的，甚至是意象的。而演员的任务则是通过肢体与语言将编导想象中的形象表现出来，塑造一个活生生的人。但是，在这个过程中，演员无法完全复制编导头脑中的想象，必然会将自己的所知所想添加到角色的形象当中。这个过程就是演员对角色的再理解，也被称为二度创作。笔者认为，二度创作包括主动与被动两种形式。前者是在编导给予内容的基础上对相关信息的主动获取，并通过内化的理解，将其付之于角色的形象之上；而后者则处于一种无意识的被动信息收集阶段，将相关内容与体悟融入角色的形象之中。

例如，在《文成公主》剧的表演过程中，董双的表演被编导认为是最有代入感的，这是因为，她常常将自己对文成公主的理解加之于原本的角色形象之上，赋予角色以新的生命力，超脱了编导想象形象的界限。她说：

> 对于文成公主这个角色，如果我是当时的文成公主，我可能站在她的位置，我有家世、有权力，而且衣食无忧，我不回来。因为文成公主选择了一条未知的路。不过恰恰是她的这种面对未知的勇敢和信念打动了我。所以，我对文成公主的理解，我觉得她不是简单的和亲使者，她的身上有一种勇气，这是值得学习的。我在饰演这个角色的时候常常在想，文成公主是一个十几岁的女孩儿，她对于未来是有恐惧的，面对苍茫的荒野、遥远的地方。所以，我尽量在前面表现得像个小女孩儿一样，因为想家会哭，因为困难会犹豫不前。但是在她经历了这些困难之后，她成为一位坚强的女性，吐蕃的赞蒙。所以我很

佩服她。然后是深深的敬仰，然后抱着这个心，来诠释这个角色。①

演员对于文成公主的理解与编导的解读是有差异的。在白茇看来，文成公主是一位端庄大气的公主，但是在董双看来，文成公主是一位背井离乡的游子。所以，在作品的呈现中，前者期待一种宫廷式的规格成为文成公主端庄得体的体现，而后者则认为有血有肉的真情流露是一种可贵的品格。在编导的构想中，文成公主的人格应该是完美的、毫无瑕疵的，所以歌词中才会唱出“我本是大唐公主，生就一副男儿心肠”。因此，所有的退缩和畏惧在英雄的身上都是不会出现的。但是在扮演者看来，越接近人性的深处越会发现人性的弱点。演员愿意将这些弱点挖掘出来，让角色本身有一个不够完美，但是真实的灵魂。

2. 情感的共鸣与传递

共鸣，是指物体因共振而发声的现象。如果两个相同频率的相同音程靠近，在其中一个进行振动发声的同时，另一个也会发声，由此而产生共鸣。之后共鸣被引申为思想、情感上的共振。本书中是指创作主体（主要指编导与演员）通过创作，在情节的推动下，引发剧中角色以人类社会普遍拥有的情感，如亲情、友情、爱情、乡愁等，使客体即观众，在接受角色所传递的情感信号的同时，在内心唤起了相同或类似的情感，而得以身临其境地获得对这种情感的感知体验。因此，情感的共鸣与传递是人类所共有的，不因时

① 2016 年 9 月 16 日，于文成公主剧场一层主演化妆间，笔者对董双就文成公主角色塑造的相关问题进行的访谈。

间的流逝而消失，不因空间的转换而停止。在《文成公主》剧中，编导与演员合力塑造的人物形象，通过一系列复杂的情节，将人们心中所共有情感唤醒，在剧场的场域中得以交流与传递。

在《文成公主》剧的创作过程中，思乡的情感与国家民族的大义之间始终存在矛盾，是一对贯穿全剧始终的矛盾体。对于文成公主来说，身上肩负的重任使她不得不踏上和亲之路，抛弃前尘往事，断离思乡之情。但矛盾的是，对于亲人、故土的思念是人类社会所共有的情感。所以剧中的情感会让许多观众因此段情节而潸然泪下，让观众得以产生思想与情感上的共鸣。

共鸣不仅仅体现在角色与观众之间，同时也体现在角色与演员之间。贺沙表示：

> 现在最大的体会就是想家这一块。前两天刚自己悄悄地流过泪。所以其实能够体会到文成公主当年一个人来到这片土地的时候，她的心情。我个人比较喜欢（演）的是第二幕和第四幕，第二幕的内容就是离开家乡。我现在这里离家很远，现在又快过中秋节了，然后我妈妈自己打月饼给我从家里寄过来，看到月饼我就哭了。[①]

在贺沙的表述中不难发现，演员们时常将自己的亲身经历以及体会到的情感放置于作品的表演当中。在这个过程中，离开家乡工作的经历成为演绎文成公主的情感来源。就艺术而言，神秘的魅力潜藏在身体之中，演员的魅

① 2016 年 9 月 16 日，于文成公主剧场一层主演化妆间，笔者对贺沙就文成公主角色塑造的相关问题进行的访谈。

力依然来自她们的肉身，而精神的力量亦是通过身体的力量而得以展现的。当一个人的情绪积聚到一定程度时，发泄是唯一的途径，但发泄的方式可以是多种多样的。艺术为情绪与情感的输出提供了可能。俄国文学家列夫·托尔斯泰认为："艺术起源于一个人为了要把自己体验过的感情传达给别人，于是在自己心里重新唤起这种感情，并用某种外在的标志表达出来。"[①]而不同的形式就是不同的艺术门类。之后，人们又通过艺术形象的传达，使别人也能体验到同样的感情，这样艺术家就将自己所体验过的情感传递给了欣赏者或观众，完成了一次艺术活动。在这个活动中，编导、演员与观众之间进行了一次艺术情感的"交流"。

《文成公主》剧在宏大的历史背景下，以汉藏民族千年来的团结为纽带，讲述了一位汉家女儿撑起民族大义的旗帜，远赴他乡、和亲吐蕃的故事。在如此厚重的历史背景下，文成公主的形象是如何塑造的，或者说艺术家是如何将自己心中的"文成公主"呈现给世人的。这是一个塑造形象的过程，也是一段不凡的经历。笔者认为，艺术家是一个复合的名词，它既表示创作者，又指代表演者，二者在艺术创作的过程中既分工明确，又互为促进，经过不断的打磨，塑造人物形象。创作者期待将史料中扁平化的形象通过理解而得以丰富，并将其内心世界的种种体会赋予角色以灵魂，从而变得有血有肉；而表演者则期待在表演与打磨的过程中，将角色不断地进行深化，融入自身的经历与思考，从而进行表演上的"二度创作"。创作者创作的角色形象其实是其自我内心世界的表达，而表演者展示给观众的形象是在此模塑后的一次突破。

---

① 隆荫培、徐尔充：《舞蹈艺术概论》（修订版），上海音乐出版社 2009 年版，第 3 页。

第三节　身体表述的意义

民族志的实践者总是愿意将关注的目光投向研究对象背后的文化，从更为宽广的维度和纵深来理解民族艺术和民族精神，以探讨民族文化符号意义的构建过程。舞蹈艺术是唯一以身体为主要媒介来进行表达的艺术，舞者作为艺术作品的承载者，不停地改变着自我。不同民族的身体表达，承载了不同民族的文化内涵，在看似纷繁复杂的律动下，肢体在不经意间言说着一个民族形成的全貌。而此时，身体的表达成为一种文化与生态外化后的符号体系，是一个民族的精神象征。本节通过对《文成公主》剧中舞段创作的分析来探究作品是如何通过舞蹈的形式传递意义的。

一、舞段的创作与表达

如果忽略故事内容的叙述，从更为严格的意义上来讲，《文成公主》剧应该是一部歌舞剧，其中舞蹈的段落占据了整部作品篇章结构的五分之三以上。全剧包括5个独立的大舞段（序——山南果卓、第三幕——锅庄、第四幕——打阿嘎、第五幕——卓舞）以及一个藏戏舞蹈的舞段设计，舞蹈内容十分丰富。但是对于一部故事情节跌宕起伏的史诗剧来说，《文成公主》剧的内容与结构更加符合“诗”的表达方式。舞段之间各自独立，以情绪性舞段设计为主，对于剧情的推进没有必然性的联系，而是通过了一种更为诗意的隐喻，将故事主线的情节进行抽象化的表达。

在这些舞段的设计中，宏大的叙事方式始终是导演所秉承的方法之一。数十人，甚至上百人的舞蹈段落以极为震撼的视觉效果冲击着观众的眼球。

（一）舞段一：山南果卓

卓舞是藏族古老的民间歌舞形式之一，具有悠久的历史。卓舞在山南地区的9个县里流传广泛。鼓是卓舞的伴奏乐器之一。在民间的节日娱乐活动中，鼓是必不可少的乐器，特别是在大型的庆典仪式中，鼓更是作为鼓舞士气、协调指挥、调节气氛的主要工具。相传，在松赞干布迎娶文成公主的时候，前来庆贺的臣民们便在盛大而隆重的欢迎仪式上跳过卓舞。正如山南地区的民歌所唱的那样：“请公主到西藏来，到西藏‘支德’的家乡来，请别怕甲曲绒的水，有百只马头船在迎候，请别怕‘白玛唐’，有百匹骏马在迎候，请别怕拉萨大街，有百名卓巴谐玛在迎候。”[①] 全剧的舞段中动作最复杂的就是序中的那段山南果卓。

① 王希华:《西藏舞蹈与民俗》，西藏人民出版社2015年版，第16页。

1. 山南果卓的创作过程

该舞段十分的短小精悍，时长 3 分钟，2 个舞段，共包括 4 个舞句，表演者均为男性演员，共 36 人。无音乐伴奏，所有的节奏全部由舞者在舞蹈的过程中敲击右胯旁的圆鼓而来。果卓鼓手的服装是很有讲究的，一般是头戴圆帽，头发扎成一根辫子，长袖衬衣和短袖马褂各一件，下身穿多褶式围裙，藏语叫作“门热”，身上还要背着五彩哈达或者绸带，腰上系一串狮嘴铃，左侧系一个扁形的圆鼓，双手执鹰毛鼓槌，整个人威风凛凛。

山南果卓的舞段基本节奏为 2/4 与 3/4 两种。该舞段共有两套动作，基本的节奏一致。鼓点共四个，如图 2–10。

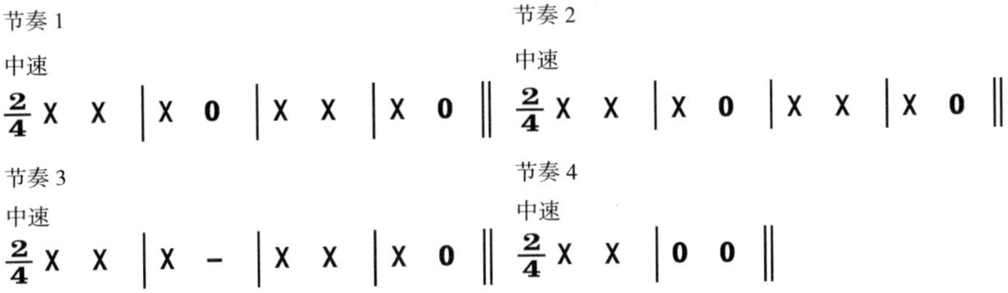

图 2–10　山南果卓鼓点节奏

排练的时候演员们舍去复杂的服装，只是带着圆鼓、鼓槌和假发。排练时用的假发与演出时的假发则是一模一样的，其形状并不是一根辫子，而是披散着的发型，只在辫梢的位置扎起。当被问及为什么这样时，卓玛与白芨给予了我几乎一致的答案。副导演卓玛说：“我们的服装选择了琼结地区的鼓手造型，这个披发的形象是比较古老的，跟桑耶寺的古壁画上所绘制的形象一致。”

第 1 舞段：为了充分体现山南果卓舞蹈的震撼，编导选择了让舞者伴着鼓声，在奔跑中入场。第1—3舞句，随着前奏歌声的停止，舞者们由舞台的8点位置，分成3列，每列共14人，向舞台中间跑去。到达中间区域之后，向右顺时针旋转，在奔跑的过程中围成一个圆形。第4舞句，再次变换队形，为7人一横排，共3排，第2排向右插空位置。第5舞句，舞者将戴在头上的假发舞动起来，为横8字路线，以右侧为重拍，每2拍一次，在甩发的过程中，敲击图2-10中的节奏1鼓点。第6舞句，甩发的路线与节奏不变，舞者敲击图2-10中的节奏2鼓点，并在第6舞句的结尾2拍中向左旋转一周。第7、8舞句动作与第5、6舞句相同。

第2舞段：第1舞句，舞者每2拍甩发一次，路线为横8字，在第3、4拍时停至身体右侧原地向右甩发两圈。第5—8拍重复一遍。手中敲击图2-10中的节奏3鼓点。第2舞句的动作与鼓点同第1舞句。第3舞句，舞者在第1、2拍向左旋转一周，第3、4拍向右旋转一周，第5—8拍，横8字甩发的同时敲击图2-10中的节奏4鼓点。第5—8舞句，同第1—4舞句的动作。最后结尾时，在一声重击的鼓声中，所有舞者面对4点位置单膝跪地，右手握着鼓棒指向4点位置。而后，果卓区域灯光暗下，舞蹈结束。

2. 山南果卓的符号意义

《文成公主》剧中的卓舞作为序与第一幕之间的引子，震耳欲聋又极具节奏感的鼓声以传统的力量散发着绵绵不绝的生命张力，以男性的力量开启了这幅巾帼英雄史诗的篇章。这是极为有趣的开篇，男性群舞的魅力在于力量与节奏的重力撞击而产生的震撼，在这个歌颂文成公主远嫁和亲的舞台作品中，男性群舞的出现一方面体现了文成公主虽为女儿身，但具有巾帼不让须眉的胸襟与气概；另一方面，古老而又质朴的鼓声仿佛敲开了天地之间的

图 2-11 《文成公主》剧序中山南果卓剧照

生命之门，用强悍的力量和潇洒的舞姿与随后出现的“大唐盛世”的典雅与端庄形成强烈的视觉对照。

（二）舞段二：那曲锅庄

锅庄又称为“果卓”，是藏语“圈舞”的意思。“跳锅庄”几乎是藏族人民所共有的娱乐方式。无论在哪里，只要有藏族同胞聚集的地方，就能看到锅庄的身影。《文成公主》剧中所选用的是那曲地区的锅庄舞。那曲锅庄与其他地区的锅庄相比较，其动律特征比较独特，主要表现在膝盖的屈伸方面。在藏区大部分的锅庄舞动律中，脚下的踏踩较为多见，而那曲锅庄的脚下踏踩动律发力点则主要集中在膝盖的屈伸方面。

1. 锅庄的表演形式

在《文成公主》剧的第三幕第二场，在幽蓝色的灯光的映衬下，舞台的中央出现了一个巨大的火塘，音乐渐起，欢乐的锅庄舞开始了。锅庄舞段总共包括 3 组演员，第 1 组与第 2 组为女性舞者，第 3 组为男性舞者。首先上场的是第 1 组和第 2 组的女性舞者，每组 80 人，4 人一横排，共 20 排，两组加起来共有 160 名舞者。随着音乐的节奏逐渐变得鲜明、响亮，两组舞者分别从 9 点位置与 3 点位置徐步上场，而后围着火塘，形成了一个半圆形，跳起了欢乐的锅庄。

160 名女舞者构成了锅庄的第一个舞段，该舞段的动律清晰而明快，以手臂舞袖与脚下踏地为主要特征。乐句以四分音符为 1 拍，每小节 4 拍，第一乐句为 5 个小节，第二乐句为 4 个小节，整个乐句为 9 小节，前 5 小节与后 4 小节的基本乐句结构为常见的“合头”曲式结构。与乐句同步进行的舞句动律以脚下步伐为主要内容，右脚开始，每 2 拍前进一步。双手围于腰前，身体微微后倾，并随着步伐的动律而呈现前后摆动的动律。在一个完整的乐句之后，两组完成了一个半圆形的整体构图，并在既定位置进行了两个乐句长短的舞句表演。具体的节奏与动作如下。

第 1 舞句：第 1 小节，舞者面向 5 点位置单膝跪地，第 1 拍右臂由旁向上舞动短袖，直上直下，1 拍 1 次。第 2—4 拍，身体前倾，并随着音乐的节奏进行 3 次上下屈伸。第 2—9 小节，动作同第 1 小节相一致。

第 2 舞句：第 1 小节，舞者面向 1 点位置，第 1 拍双臂由前向上甩动短袖，第 2 拍双臂收回至腰间，曲臂向旁，双手扶在胯部。同时，脚下每拍 2 次踏地，由右脚开始，双脚交替进行。第 2 小节，与第 1 小节相同。第 3 小节，第 1—2 拍与第 1 小节相同，第 3—4 拍重复一遍。第 4 小节，双脚保持踏地的节奏与律动，双臂向前抬至二位手高度，小幅度地上下交替舞动短袖。第5—6小节，与第3—4小节相同。第7—8小节，舞者双手扶在胯旁，在保持脚下动律不变的基础上，逐渐地向中间位置靠拢，形成密集队形，40人一横排，前后对齐，共4排。第9小节，与第1小节相同。

从第3舞句开始，第3组男舞者加入了锅庄舞蹈表演的行列，他们从后面的宝瓶山上飞奔而下，加入了锅庄舞蹈的队伍，形成了以火塘为中心的圆形舞蹈队列。

第3舞句：第1、2组演员重复之前的第1舞句动作，第3组演员以火塘为中心，顺时针跑动，脚下步伐以右脚为重拍，每拍2步，快速奔跑，双臂交替，由前向后舞动短袖。脚下步伐与上身动律相配合，同手同脚，协调一致。

第4舞句：第3组的演员呈逐步密集的队形，并在保持原有舞步不变的基础上逐步形成长方形的队形构图，每横排20人，前后对齐，共5拍。第1、2组分成4个、6个队列，每2个队列以“二龙吐珠”的调度方式形成2个圆形构图、2个内外双圈构图。其中，第1排的20名舞者，向1点方向走二龙吐珠的舞台调度，分别在2点位置和8点位置形成2个圆形。第3排与第4排相交叉形成一个整排行列，分为两部分，分别经过4点、6点位置向内包成一个空心的圆形。第2排分成两队，分别向3点、7点方向行进，并经过1点方向的弧线，向5点方向包进第3、4排形成的两个空心圆中，成为空心圆内部的中心。由于该舞段的队形与结构较为复杂，可参看图2-12至图2-15：图中深灰色代表男性舞者，浅灰色代表女性舞者，箭头所指方向为行进路线。

第5、6、7舞句：3组舞者在到达指定构图位置之后，进行舞蹈动作的表演，节奏、动律等与第 2 舞句相同。随着音乐的渐强，宝瓶山上游牧、耕种的人们奔跑下来，加入了跳锅庄的队伍。在红色的灯光映衬下，锅庄的动作幅度越来越大，歌声也越来越嘹亮。文成公主一行人走到这里，被当地人们热烈、欢快的气氛感染，不由自主地加入舞蹈的队伍中。

第 8 舞句：音乐减弱，灯光渐暗，舞者的身影逐渐消失在人们的视野当中。

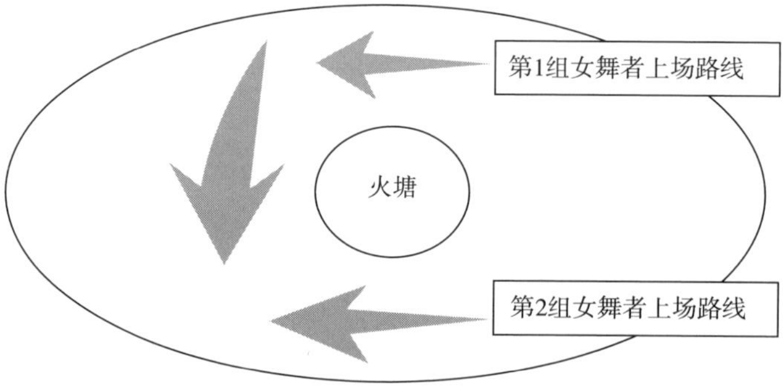

图 2-12 锅庄舞段第 1、2 组舞者上场路线图

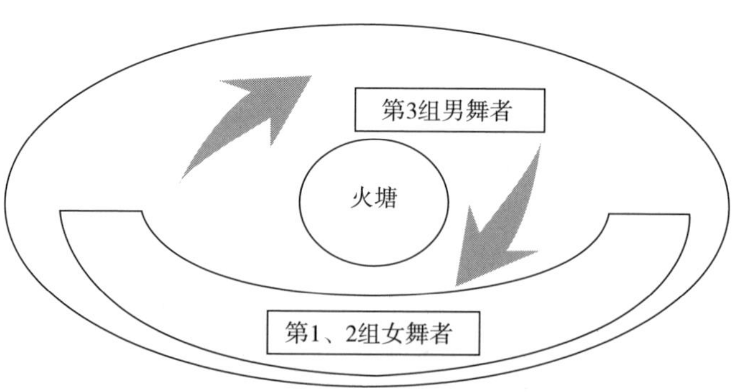

图 2-13 锅庄舞段中第 3 舞句队形图

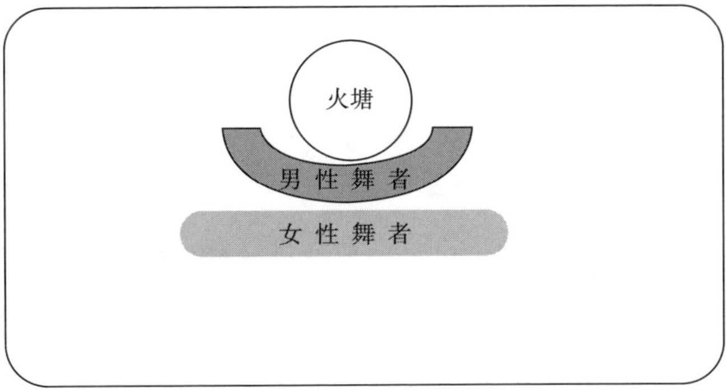

图 2-14 锅庄舞段中第 4 舞句队形图

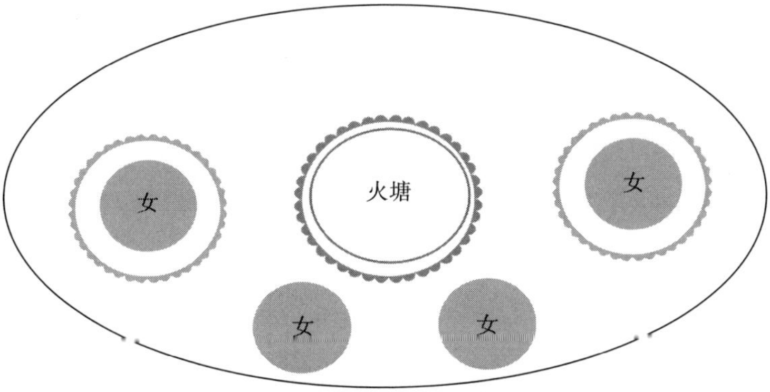

图 2-15 锅庄舞段中第 4 舞句舞台构图

2. 锅庄的象征意义

作品在创作的过程中，选择锅庄这一独具特色的民族舞蹈形式来烘托整个现场的氛围，形成了与此前倒淌河边的思乡情绪的强烈对比。同时，锅庄舞作为一种地域特色浓郁的民间舞蹈形式，与藏族人民的生活环境息息相关，可以说有藏族人民的地方就有锅庄舞的身影。从这个意义上来看，锅庄舞代表了一种独特的藏族文化特征，具有构成文化符号的意义。

图 2-16 《文成公主》剧第三幕中的火塘与锅庄

此外，锅庄舞连臂踏歌、众人围圈的舞蹈形式体现出了藏族人民的审美情感与文化背景。连臂踏歌是许多民族民间舞蹈所共有的形式，众人围圈体现了一种以“圆”为核心的向心力，人们在舞蹈中互相交流、在舞蹈中以“圆”的形式体现团结友爱，培养相互之间的合作精神，这也是藏族人文精神特质的反映。

（三）舞段三：打阿嘎

“打阿嘎”舞段颇具律动性的节奏和动作在许多观众的头脑中留下了深刻的印象。在藏区，时常会在许多建筑工地、寺院和一些重要的建筑物维修场所看到“打阿嘎”的场面。一群男女列队整齐，手中握着一种木棍连着石饼的木夯，整齐并具有节奏感地夯实着脚下的阿嘎土，场面壮观又有趣。

1. 打阿嘎的表演形式

《文成公主》剧中“打阿嘎”的舞段保留了生活中的基本元素，没有过多的技术内容，以最为直接和纯粹的舞蹈语汇向人们展示了藏民们的生活场景。也许是由于动作和节奏比较单一，“打阿嘎”的舞台调度和队形变换非常丰富，几乎每2个8拍的主题动作之后就会更换队形。在舞蹈构图中，不同的队形结构会产生不同的视觉效果：以直线运动所形成的斜线和竖线都能够表现出强劲有力的动势，圆形则比较平稳缓和，而棱角的曲线则给人一种游离动荡不安之感。在舞蹈的构图与创作中，流传着一句话：“二四七、一零八，直斜圆曲相交叉。前后左右高中低，地面空中方为佳。整齐对称黄金律，平衡统一多样化。调和对比相结合，情景交融美如画。”“打阿嘎”舞段中常用的队形为上中下三横排的形式。直线条的队形常常会带给人一种强劲有力之感，而横线相比于纵线来说，视觉冲击力会相对减少，同时增加了“广阔”的审美体验。人们在观看艺术作品时，由于队形的横向拉长，体现了一种空间上的占有，以至观众的视线广度达到了上限。同时，横向的视觉丰满度也会增加壮美的心理体验。队形的变换需要具有一种舞台的空间感与

图 2-17 《文成公主》剧第四幕打阿嘎剧照

方位感，并且在流动的过程中相互观照，这对于群演来说是比较有难度的。但无论队形如何复杂多变，演员们的步伐没有一丝凌乱，从容不迫，而手上的动作依旧保持着节奏感，这一点是让人惊讶的。

在“打阿嘎”舞段中，由于动作的单一重复特征，所以舞台构图极力地呈现出空间的饱和度。整个舞段设计演员共 230 人，分为 4 个小组。第 1 组 20 人，以一横排的方式列于舞台的最后方，也就是宝瓶山的山腰处。第 2 组 20 人，位于舞台左侧的巨大道具布达拉宫上方，同样以一横排的方式进行呈现。第 3 组 40 人，排成 2 列，于第 3 乐句时，从舞台的 3 点位置上场。第 4 组 150 人，排成 3 列，于第 4 乐句时从 3 点位置上场。该舞段从第 5 乐句开始，不停地转换队形，包括圆形、龙摆尾、二龙吐珠等。

2. 打阿嘎的符号意义

藏族群演们右手拿着木夯，在宽阔的剧场里奔跑着，边歌边舞的同时变换着队形。节奏清晰明快，木夯落地的声音整齐而富有节奏感。左手的动律上下摆动，没有固定的动作，而是随着节奏快速地摆动，同样没有严苛的动作规范。

在访谈的过程中，46 岁的群演演员拉姆措说：“我在家乡盖房子的时候，打阿嘎土就是这样的，这个（节奏）也是一样的，我们都是边唱边打的，大家一起。”日积月累的生活经验给予了艺术最为广阔的天地，朴素的生活方式依旧是艺术赖以生存的精神家园。舞蹈是一种最为原始的文化符号，民族民间舞蹈被视为一种极具地方性与民族性的舞种。与芭蕾舞相比较，前者中的每一个舞姿都与生活相背离，而后者的每一个动律都与生活相联系。经济全球化和文化碰撞是当今世界各个国家、民族以及区域所面临的共同话题。一方面，全球化和文化之间的交流与碰撞带来的是对传统文化的冲击；另一方面，在全球文化大交流的影响下，许多传统的民族文化与舞蹈固有的边界被突破。

二、民族舞蹈的符号性

舞蹈被称为人类情感的终极表达方式，《毛诗序》中载："言之不足故嗟叹之，嗟叹之不足故永歌之，永歌之不足，不知手之舞之，足之蹈之也。"同时，舞蹈也是"一种以最原始的符号——身体——为基础的神话"[①]。舞蹈的起源同人类的文明交织交错，似乎从人类的生命诞生之时，舞的意义便随之产生了。而后，经过千万年的星辰交替，舞蹈这一人类生命中最直接、最尖锐、最单纯而又最充足的表现形式依旧亘古不变。舞蹈对于其他的艺术门类来说，几乎是最为抽象的艺术表现形式。这是因为它本身具有极端的速朽性和象征意义。舞蹈与音乐不同，音乐是时间的艺术，随着时间的流淌，音乐的旋律以人的听觉器官为感知，传递着意义；而舞蹈是视、听、动觉相结合的空间艺术，在同一时间内，听觉与视觉在同步地进行符号的接收与创造。同时，对于舞蹈美的第一体验者——舞者在表达意义的同时，其自身也在吸取着舞蹈带给他的动觉性美感。

美是一种感觉，美的形式与美之间是有差异的。美的标准是多元的，我们无法用一套标准来衡量所有的美。即使是在同一个社会中，关于美的意义

① ［美］苏珊·朗格：《情感与形式》，刘大基等译，中国社会科学出版社 1986 年版，第 215 页。

也有许多种不同的解释，并且这些解释会根据时代的变化而产生变化。“任何人都享有相同类型的审美感觉和审美判断……共同的心理冲动能以不同的艺术形式来表现，因为他们的社会条件不同。”① 那么，人类对于美的感受是否具有一致性，或者说普遍的人类美感是否存在？有一种著名的批评标准似乎可以说明这一问题，即黄金分割率。“就其最为简单的形式，黄金分割是用刻画的线条来表示一个部分的相关尺寸，并分割出这样的结果，使其短线条与长线条之比等于长的部分与总体之比（接近于 5 ：9）。”② 这种近乎于数学的方式用极为精细与具体的内容说明了关于美的标准。然而，博厄斯则认为，我们不能只把这种世界普遍的倾向归结为任何终极的原因而不归结为由形式所激发出来的情感，或者换句话说，归结为美的冲动。对于民族舞蹈来说，身体的异化特征折射出大多数舞蹈创作的主体和接受主体的审美偏好，亦折射出在其背后“隐含的人的身体消费欲望及其影响下的舞蹈身体表达困境”③。“原生态艺术”作为一种文化符号化的表述，其本身的文化内涵与艺术人类学中的原始艺术相关，本质是在追求一种有别于所在社会群体的、另类的表达方式。原生态艺术中的符号行为的人性化，也就是指他们承载了生命的感悟和记忆。在艺术欣赏的过程中，观众所依赖的是对符号意义的共享。因此，对于一部艺术作品来说，舞者对于内容与情感的表达既是一种对于意义的创造，也是一种符号生产的过程。

---

① ［英］罗伯特 · 莱顿：《艺术人类学》，李冬晔、王红译，广西师范大学出版社 2009 年版，第 19 页。

② ［英］罗伯特 · 莱顿：《艺术人类学》，李冬晔、王红译，广西师范大学出版社 2009 年版，第 20 页。

③ 徐颃：《视觉隐喻：抵抗舞蹈身体表达异化的策略》，《北京舞蹈学院学报》2012 年第 2 期。

在《文成公主》剧的舞段创作中，身体表述的意义关乎于民族文化特性的表达，但是其中所蕴含的文化意义却又不是简单的民族特性，而是体现出一种传统与现代之间的综合考量。其中，原生态的舞蹈元素与动律则是传统的表征，而学院派的高度凝练与结构性处理体现为现代性的一种特征。二者既有相互的融合，如传统舞蹈动作的现代性重组；又相互矛盾，如在舞段的编创过程中，势必会对不具有代表性或者无法体现作品核心意旨的动作与动律进行删减。

在舞蹈的定义中，“学院派”与“原生态”是一对既相互矛盾，又经常交融的舞蹈风格系统。前者以系统、规格、有计划的训练方式来进行有关于身体的探索与培养。所以常常体现出高度凝练、宏观概括以及超高技术技巧的特征。相对于前者来说，后者则更多地体现为在特定语境下的一种群体性的文化表达。

通过对上述三个舞段的描述与分析，笔者认为《文成公主》剧关于舞蹈的创作与编排体现出了“学院派”与“原生态”相结合的倾向。其中，学院派的编排技法与构图使整个舞蹈片段在形式与结构上有别于传统的民族民间舞蹈。例如，节奏非常完整，多以整齐的 8 小节构成一个舞句，并由 4 或 8 个舞句组成一个舞蹈片段。对于乐句之间的合头曲式，在舞蹈动作的编排上也给予了相应的关照和呼应。这种偏向于整齐排列的舞蹈段落、高度凝练的动律体系正是学院派在舞蹈编创中的重要技法与规则。但是对于舞蹈风格的选择与具体动作的处理方面，《文成公主》剧则体现出了一种原生态的特征。例如，前文中的打阿嘎，既是舞蹈片段也是当地藏民生活状态的写照。在歌舞中获取劳动的快感与愉悦，这种舞蹈的方式是十分淳朴的。

（一）学院派风格的符号性体现

在传统社会中，舞蹈是民族生产生活中具体事物的文化形态体现，而参与舞蹈的人员大多是来自民族群体的内部成员。舞蹈形式的自然传承是依靠舞蹈的参与者在进行表演或者自娱时与被传承者之间耳濡目染、口传身授而得以实现的。这种传承方式对于技术发达、以效率为第一要务的现代社会来说，是背道而驰的。学校的教育以体系化为标准，注重对知识的系统性与规范性的要求，这使得国内的大部分艺术院校的教学与创作都带有模式化的痕迹和色彩，因而也常被称为“学院派”。对于《文成公主》剧的舞段创作来说，学院派的编排技法几乎随处可见。这主要体现在舞段的结构性处理与动律的高度凝练方面。

在前文中提到的山南果卓舞段中，舞蹈的编排没有原封不动地将果卓舞蹈的整体结构和段落搬上舞台，而是有意识地删减，选择了最具代表性与风格性的舞蹈动作元素，进行重新整理与编排，组成了山南果卓的舞蹈段落。这一点还体现在鼓点节奏的删减与极简化处理方面。山南果卓的鼓点节奏十分复杂，常用的鼓点就有十余种，但是在舞台表现中，该舞段所达到的意义和目的是开山震虎的视觉与听觉效果，复杂的鼓点在强化其技巧性的同时会削弱击鼓的力度，从而致使听觉上的震撼效果减弱。所以，编导舍弃鼓的复杂技巧，用最简单的基本节奏来完成整个舞段的内容。再如，在锅庄舞段中，编导同样删去了锅庄舞脚下复杂的步伐，提炼出最为简洁的右、顺动律特征，在基本步伐不变的基础上，变换上身的动律，并在原有舞蹈风格不变的基础上，强化动作的丰富性与动律特征。

对于国内许多艺术院校来说，民族民间舞蹈的教学极为讲究“法儿”，而舞蹈学研究每每所纠结这种所谓的“法儿”“地道”“味道”等，从民族学的视角来看，无疑是民族性。在《文成公主》剧中，这种民族性被表达成一种文化原生的语境，即原生性。说到底，民族性是一种最为纯粹的对待生活的态度和认知。对于从属于该文化语境以外的人来说，对异文化的认知与体悟是缺乏本位体验的。而文化的符号化“并非一个绝对意义的颠覆性的文化理论创建行为，其实质不过是在认知异文化的过程中，将自身文化中的某些个别文化因子先验地固化为具有普遍作用的一般文化符号。从而形成一个文化的符号系统。这个系统的建立本质上既是对自身文化的再认识，也是对异文化的符号化解构”[①]。

（二）原生态风格的符号性体现

对于藏文化的追求和好奇的窥探似乎是每一个来到西藏的人所共有的心理状态，而《文成公主》剧要做的就是竭尽所能地“地道”。也正因如此，《文成公主》剧运用了一个十分常见的“噱头”——“原生态”来评价作品的内容。“原生态”是一个新生的文化名词，主要流传于各种媒体之间，“可以被定义为‘没有被特殊雕琢，存在于民间原始的、散发着乡土气息的表演形态’”[②]。在《文成公主》剧的创作过程中，“原生态”的意义更多地表现为对于文化“本真性”的探索与再现。例如，从第二幕开始，将松赞干布与集体的合唱部分全部改用了藏语演唱；再如，《文成公主》剧中的所有演员中，除了三位内地来的公主扮演者以外，其余全部是藏族人，他们大多来自拉萨

---

① 李昕：《〈尼加拉：19 世纪巴厘剧场国家〉——文化的文本式阐释的一个范例》，《西北第二民族学院学报（哲学社会科学版）》2008 年第 2 期。

② 靖桥、盖海红：《原生态与善本再造——论“非遗”文化的传承保护与发展》，《河北学刊》2011 年第 2 期。

周围的地方，还包括林芝、日喀则、阿里、昌都等地。

但事实上，“原生态”从出现到现在，似乎成为一个大众想象的词汇。在这一生产中可以发现，“原生态”是一种大众的文化符号，代表了那些遥远的，甚至是被遗忘的文化。“原生态”的概念不同于“原始”的概念。后者经常被赋予“野蛮的”“未开发的”，与文明相对立的含义；而前者则不同，通常被认为具有“自然”“本真”等含义。但自“原生态”出现以来，始终是争议不断。“原生态”究竟是一种文化态势还是一种创作方式，抑或是其他？甚至有许多学者认为，“原生态”是一种商业的炒作方式，是一种噱头。例如，有学者认为：“‘原生态’一词隐含着某种未经改变的、原封未动的意味，而文化展演最多只是抽取生活的片断并加以组装，无论多么接近，它都不能复制真实，所以，‘原生态’也就不可能真正存在。”[①] 从上述的内容来看，“原生态”的概念似乎是指一种精神上的想象，是一种对于异文化的好奇与期待。它所代表的不仅仅是艺术作品的审美特色，更是社会对于民族文化价值认定的态度转变。在中央电视台的节目——全国青年歌手电视大奖赛中，原生态作为一种独立唱法而被放置在与美声唱法、民族唱法等等同的高度。

笔者认为，艺术作品的核心绝不仅仅是技术的掌握与身体的规训，而是潜藏在身体与思想深处的文化环境与体验，这种体验看似无关紧要，然而却可以化作最为细密的分子散落于身体的每一个关节、每一块肌肉，从而形成了一种所谓的动作“质感”，这种质感则体现了民族舞蹈常说的“味道”的

① 张海超、卢成仁：《舞台展演与文化存续——以〈云南映象〉为个案的探讨》，《云南社会科学》2006 年第 6 期。

灵魂。

在福柯的身体政治与权力的理论中，“身体”的概念是一种趋于社会性的与政治性的表现形式。在艺术作品的创作中，身体作为一种表达手段具有了媒介的功能。在艺术表达的过程中，演员的身体在被不断地、反复地改造，继而成为一个符合艺术作品所预期的身体。而这种“预期的身体”的艺术表达的创造者，却不仅仅是导演个人。这是因为，导演除了作为一类专业技术的专家以外，还具有社会性，而她心中对于文成公主形象的预期和模塑大部分源于这种社会性而并非专业技能。社会性也可以说是一种对于社会的认知，或者说是一种社会性的、习焉而不自察的惯习。例如，英雄是应该被歌颂的，罪犯的行为是应该被谴责的，等等。与此同时，艺术源于生活，却有别于生活，艺术是具有引导性的，它既可以对现实生活中的内容加以批判，也可以进行巩固与歌颂。例如，英雄的形象多是高大的，母亲的形象多是慈爱的，等等。只有在人物形象具有了鲜明的性格和完备的灵魂之后，编导才能够运用专业技能进行艺术的创作与表达，而这时的“创作”则是一种有目的的、符号化的生产活动。

第三章

呈现：

符号构建的艺术场

艺术作品的生产与创造不仅仅针对艺术形式本身，更是针对作品所延伸出的价值与意义。《文成公主》剧在创作的过程中不断地对藏文化进行元素的提取与重构，在进行文化元素本身的意义表述以外，在符号的累积过程中，碎片化的文化符号经过不断的淬炼与打磨，共同构成了一个连贯的、由符号堆砌而形成的艺术场——文成公主剧场。在这个场域中，舞台、演员、导演、观众等共同操控着符号的拼贴与选择，在同构与互构的过程中打造了一场炫目的演出，并从中获取、传递不同于符号本身却超越符号本身的、延伸的象征意义。

第一节　时间与空间的交叠

艺术作品是时间与空间的艺术，在有限的时间（作品的时长）内以表现无限的历史纵深（作品内容所表达的时间轴），在有限的空间（舞台）内表达无限的空间变化。当抽象的艺术表达方式已成为常态，象征性的所指已成为艺术家惯用的表现手段之后，舞台上真实的物及其使用价值已不再重要，重要的是艺术符号建构出来的物的意象。剧场是凌驾于现实之上，而又局限于现实中人类的想象与构建的虚幻空间场。时间是一种流动的过程，剧场中的时间观念与现实相区别，对于时间的表达也存在着不同的语境与方式。在剧场中，时间的动态规律性是可以被打破的。例如，时间的维度可以被无限拓宽，时间的纵深可以被无限延长，蒙太奇的表述方式使时间与空间得以叠加与重合。不过，不论在剧场还是现实，时间的动态性都是一样的，都是在不断发展的过程之中。

一、舞台时间的延展

（一）舞台时间的同质性与异质性

在日常的生活中，时间作为一种永恒的存在，是均匀且流动的，尤其在现代社会，时间往往以数字的形式浮于现实之中。一年有 12 个月，一个月又有 30 天左右，一天分为 24 个小时，一个小时有 60 分钟……数字带来的是精准确切、一丝不苟的思维认知，这与城市之中的钢铁森林遥相呼应，共同构建着城市模式中紧张而又严肃的生活态度。在现代社会中，对于物的占有成为争分夺秒的追求，我们习以为常地认为时间是一种“同质性”[①] 的存在，而这种同质性表现在我们的时间维度中是一种基本的共识。例如，上班的时间是可以达成共识的，所有人的时间都是一样的长度。时间也表现为一种不可逆转的“直线性”，光阴似流水，一去不复返。正因如此，人们才会以最为伤怀的情感来感叹时光中曾经的美好记忆，人们才会认为时间是逝去的生命，而生命如此值得珍惜。也正因如此，现代社会中的人们常常表现出一种急躁的慌乱感，这种慌乱最为常见的表征就是许多人口中的“时间不够了”。

与现代社会不同，在传统社会中人们对于时间的体会并不那么精细。在田野工作开展之初，笔者曾经为自己的田野工作做了十分详尽且周密的计划，甚至将时间细化到了小时，但是真正开展之后发现，这个计划似乎失去了它的意义，因为访谈对象经常无法准时到达。平时，笔者可能很少对时间产生如此强烈的自觉与探讨，因为它是一种习焉而不自察的存在。时间于一呼一吸之间，伴随着当下的生命而得以延续。但是当我们抱着同质性的时间

---

① 参见周星《关于“时间”的民俗与文化》,《西北民族研究》2005 年第 2 期。

概念遭遇异文化的时候，一切都变得不那么理所当然了。

在音乐剧《文成公主》中，时间的发生是具体的、清晰可见的，而《文成公主》剧则是抽象的。

表 3-1　音乐剧与史诗剧《文成公主》文本结构对照表

幕	音乐剧	史诗剧
序	当代 · 大昭寺广场	大昭寺广场
第一幕	公元 640 年 · 长安大明宫	大唐之韵
第二幕	公元 641 年 · 唐蕃河界	天地梵音
第三幕	公元 641 年 · 吐蕃旷野	藏舞大美
第四幕	公元 641 年 · 帕邦喀共卡玛如宫	高原之神
第五幕	公元 642 年 · 逻些都城	汉藏和美

国家大剧院版音乐剧《文成公主》中每一幕的时间和地点十分清楚明确，时间的数字化表述与地点的精细化处理使得整部作品的历史脉络十分清晰，历时性的叙述方式将文成公主的进藏之路刻画得如教科书般精准，从而制造一种历史事件的重现之感。当《文成公主》剧来到藏区，时间的精细化使得整部剧作与这里的云淡风轻格格不入，于是，剧组将整部剧以类似于诗歌的表达方式进行内容的解构与重组，形成了现在的史诗剧《文成公主》。具体的时间以强调历史的可信度，而抽象的时间则更加看重艺术作品的诗意表达。

（二）舞台时间的历时性：日月的交替

在大部分的舞台艺术表述中，对于时间的理解更趋向于传统社会中对于时间的解读。具体的、数字的时间概念往往被人们忽视，继而产生的是抽象化的、趋于碎片化的时间概念。“年”往往被四季取代，“月”与“天”的概念则经常以日出月落、阴晴圆缺的方式而得以表述。在《文成公主》剧的舞台呈现中，导演除了对于灯光的使用以外，还选择了一种写意的辅助方式来表述时间的意义。

在文成公主剧场的道具间里，两个硕大的白色圆盘极为醒目。大的圆盘直径 2.5 米，小的一个直径 1.5 米，均为树脂材料，内里装有机械装置，并配有 LED 灯，这就是剧中“太阳”与“月亮”的原型。“太阳”和“月亮”在《文成公主》剧第二幕和第四幕中，出现了两次。第一次为第二幕中的第一场，文成公主一行人走出长安，在大唐的疆域内，远方的歌者用极具穿透力的歌声讲述着：“金黄的风吹过一千三百年，膜拜的姿势从未改变。银白的阳光照耀一千三百年，虔诚的心温暖依然。”[①] 同时，舞台的后方升起了高高的太阳和低垂的月亮，在幽暗的天幕中交替轮回。文成公主的车马在“月亮”的映衬下，仿佛从遥远的时代走来，消失在了时空的尽头。第二次出现在第四幕的开篇中，文成公主一行人行走在吐蕃的大地上。舞台的设置与日月交替的场景与第二幕中一致，但是二者所表现出来的含义却有着极大的差异。前者的日月交替伴随着对未来的期待和向往，所以，远方的歌声极为甜美，具有亲和力；而后者的日月交替则伴随着对故土的思念，所以，背景音乐中没有歌声，只有一段简单的旋律。

在《文成公主》剧中，对作品诗意化表达的追求淡化了原本音乐剧中精细化的时间概念，从而模糊了具体的时代背景。太阳与月亮成为时间的符号性显现，将日月交替的自然现象放置在舞台的空间环境中，以写意的方式向

① 史诗剧《文成公主》第二幕歌词。

图 3-1 《文成公主》剧第二幕中的日月交替

观众传递了时间的历时性特征。剧中的两次日月交替是本剧贯穿始终的一条主要的时间线索，先后表现了不同的时间下，因所处环境的变化而带来的不同情感的抒发。

（三）时间的超越性：藏戏的旁白

第二个关于时间的叙述则体现在藏戏方面。《文成公主》剧的第二幕第二场中出现了较为集中的传统藏戏表演。巨大的蓝面具在灯光的配合下出现在了舞台中央，周围辅以 18 个小型蓝面具，构成了一个内凹的弧形。数名藏戏演员出现在了观众席，边歌边舞之间走上了舞台。除此以外，在《文成公主》剧的各幕之间均有温巴（藏戏中的说唱老者）的表演。在剧中，温巴的说唱就像西方歌剧中的幕间乐，起到了推进情节发展、勾连作品结构的作用。

在该剧的篇章结构中，诗意的表述方式模糊了时间的概念，日月交替的舞台美术设计体现了文成公主进藏之路的历时性维度。作为篇章的勾连者，温巴则超越了时间的历时性，以局外人的身份跳脱出作品的语境，讲述“时间”的流动。笔者认为，《文成公主》剧选择藏戏中的蓝面具作为全剧的第二条线索，其原因可以从以下两个方面进行分析。

1. 选择藏戏表演形式的原因

首先，对藏戏的选择是出于对民族文化元素的萃取与运用。藏戏是一种十分具有藏民族文化特征的戏剧表演艺术，具有悠久的历史与深厚的文化底蕴，同时也是国家级非物质文化遗产的项目之一。选择藏戏表演其实是在选择一种极具民族特性的艺术形式。

其次，对于藏戏的选择是出于舞台创作丰富性的需要。民族题材的史诗剧以丰富的舞台形式为特征，藏戏表演的加入使舞台艺术的表演形式得以丰富多彩，在进行舞台创新发展的同时又对传统的民族文化给予尊重。

最后，选择藏戏作为全剧贯穿始终的一条线索是因为，《文成公主入藏》是传统八大藏戏的剧目之一，与作品的核心思想、内容方面拥有一定的契合度。在表达思想、传递信息的过程中，舞台艺术与藏戏表演之间能够通过对同一内容的讲述，达到思想表述上的高度契合。

2. 选择藏戏中蓝面具的原因

《文成公主》剧中出现的藏戏表演均戴着蓝色面具。在藏语中，面具称为“巴”，藏戏的“巴”主要包括深红色、浅红色、蓝色、黄色、白色、绿色和半黑半白几种。不同的颜色在藏戏的表演中具有不同的象征意义。红色

图 3-2 表演藏戏的群演在排练

图 3-3 《文成公主》剧第二幕中的藏戏表演

是权力的象征，其中深红色代表国王，浅红色代表大臣；黄色是宗教的象征，多用于僧侣；白色象征着纯洁，多用于善者；绿色象征着温顺与柔美，多用于女性，王后则使用绿色面具；半黑半白的色彩具有两面性，象征着人物性格的复杂和矛盾，因此多用于所谓的“两面派”。而蓝面具的人物形象则是渔夫，这是因为人们认为渔夫总是在湖里捕鱼，天长日久，脸被湖水映蓝了。为什么在《文成公主》剧的舞台呈现中，编导选择了蓝面具的人物形象。经过分析，笔者认为：

首先，蓝面具的人物形象虽然是渔夫，但同时还具有另外的身份——讲述者。对于剧作来说，藏戏贯穿全剧始终，所需要的身份类似于舞台剧中的旁白，而讲述者的身份与该剧所需要的功能是相吻合的。

其次，红色、黄色、绿色等其他颜色的面具均有固定的身份与象征意义。如上文所述，最符合剧情需要的面具色彩锁定在白色面具与蓝色面具之间。其中白色代表善者，在藏文化体系中对于白色的崇拜使得白色具有纯洁、高尚的象征意义，同时对于人物形象的塑造而言是具有能指意义的。而相比之下，蓝面具的文化内涵较之白面具来说其文化内涵则具有较少的典型性。所以，二者相比较，蓝面具更加客观与中立。

二、舞台空间的共现

《文成公主》剧的舞台空间体现出两个维度：物理的空间与幻想的空间。前者是指舞台的实体空间，是由实物搭建起来的、实实在在的物质空间，可观可感，有形有色，是作品得以展示的直接物质媒介；后者则是指在艺术创作的过程中，存在于幻想之中的舞台空间。它表现为一种空间上的艺术表现力，是对物理空间的一种延伸与拓展。在《文成公主》剧中物理空间与幻想空间既相区分又相结合，体现为一种共生共现的空间模式。

（一）舞台空间的叠加

舞台空间的叠加是幻想空间的一种体现，是指对舞台中实际空间的区隔与并置而达到的“多空间共现”[①]的立体感。在《文成公主》剧的舞台空间处理中，空间的叠加体现出了两种特性，即共时性与超越性。

1. 空间叠加的共时性

《文成公主》剧在对于时间的延展表现为一种强烈的历史纵深感的同时，也对空间的拆分与叠加体现出了一种共时性特征。具体表现为在不同空间环境中的共时性呈现。

在《文成公主》剧的第一幕中，文成公主得知自己即将远嫁，要与远方的松赞干布进行一次穿越空间的对话。在对话中，赞普松赞干布向文成公主倾诉了自己的伟大理想和愿望：“我想要生者远离饥荒，我想要病者远离忧伤。我想要老者远离衰老，我想要逝者从容安详，我想要吐蕃成为人间天堂。”[②]文成公主被松赞干布的宏大愿景震撼，小女儿心中藏丘壑，愿与赞普共建美好家园，带着赞普松赞干布的美好心愿与理想，文成公主意志坚定地踏上了漫漫的西行之路。剧中运用了男女二重唱的方式使松赞干布与文成公主进行了一次心灵上的互动，并以松赞干布之口道出了全剧汉藏和美的主旋

① 郑萌：《透视性舞台调度研究的理论依据》，《北京舞蹈学院学报》2016 年第 3 期。

② 史诗剧《文成公主》第一幕歌词。

律，唐蕃联姻的政治意义与大爱由此得以体现。

在同一个舞台中如何表达同一时间内不同空间中的故事，是需要一点创造力和想象力的。在第一幕第一场结束后，文成公主身后的长安大明宫背景慢慢暗下，追光打在文成公主的身上。这种舞台处理表示该段内容为文成公主的内心独白，而观众正在聆听公主的心声。之后，在靠近台口的位置，蓝色的流光营造出了一小块独立的空间，表示该区域独立存在，与舞台上的其他空间相区隔。松赞干布慢慢地走到了这个独立的空间之中。在音乐的伴奏下，文成公主与松赞干布进行了一段心灵的对话。可以看出，《文成公主》剧并没有完全地切割舞台空间，而是将独立区域镶嵌在整个舞台的空间之中，二者既相融合又彼此保持独立的界限，形成了不同空间的共时性呈现，使长安的文成公主与逻些的松赞干布在舞台构图中同时出现，而又互不交集。

2. 空间叠加的超越性

在前文中，舞台的时间维度体现出了超越性的特征，在舞台的空间表达中，同样具有超越性的特征。

在《文成公主》剧的第三幕中，文成公主与松赞干布有一段梦中相会的情节。文成公主走在进藏的路上，路途遥遥，在侍女的搀扶下倚在路边的岩石旁昏昏欲睡。怀揣着少女的遐想，伴随着对松赞干布的仰望，公主进入梦乡。在梦中，公主与赞普在花神的指引下相会。在该段情节的空间设计上，《文成公主》剧的处理非常的巧妙。首先，在舞台呈现中，现实中的公主与梦境中的公主同时出现。前者倚在舞台中间的岩石道具旁，一只手扶在额头上，周围的灯光全部暗下，一个追光灯照在公主身上，用昏黄的色彩表示此时公主已进入梦境。同时，在远处的宝瓶山，幽暗的流光在舞台的底部横射进来，大量的干冰在灯光的照射下显得如梦似幻。而这一场景表现的则是公主的梦境。此时，另一位公主的扮演者出现在宝瓶山上，在空洞的场景中来回奔跑，以体现初入梦境的慌乱感。同时，舞台中间区域的灯光暗下，表示梦境的舞台空间即将位移。之后，宝瓶山的灯光暗下，舞台中间区域的灯光重新亮起，在大量干冰和粉红色灯光的映衬下，整个舞台陷入一种如梦似幻的景象当中。80 名女舞者，身穿布满花朵的裙子，在舞台的中间区域形成了一片花海。在如此梦幻的舞台幻象中，松赞干布出现在了文成公主的梦境中，并得到了来自花神的祝福，二人互诉衷肠。赞普以花之露水为美丽的公主濯发，使其周身布满花香。当公主再次问及赞普，心中可有愿望之时，赞普第二次向公主倾诉自己的伟大理想。这一幕与前文中所提到的内容相呼应。

在该段情节的设计中，对于舞台空间的充分利用使得梦境与现实能够在同一空间中进行不断的变换。在灯光效果的配合下，舞台空间超越了现实的界限，将幻想中的场景呈现于眼前。

（二）舞台空间的调度

舞台空间的调度是物理空间的一种体现，具体表现为舞台中演员流动的轨迹。在舞台表演的过程中，调度通过队形的变化来诠释人与舞台之间的关系，同时体现出在舞台的场域中演员与观众的空间意义。

1. 舞台调度的叙事性

在舞台作品的呈现中，舞台的调度是为情节服务的。在《文成公主》剧中，舞台调度的叙事性主要体现在双人或单人的表演形式当中。如上文中所提到的第一幕中文成公主与松赞干布互诉衷肠的情节，舞台的调度就要求在保持空间平衡感的同时体现出二者的空间关系。文成公主的位置位于舞台的9点位置，而松赞干布则位于舞台的3点位置，二者之间构成了一条斜线，将舞台的空间进行了对等割裂。这样，在保持舞台空间平衡的同时也体现了二者位于不同空间环境当中的互动关系。

2. 舞台调度的表情性

在《文成公主》剧的表演过程中，舞台调度还表现为对情感的表达。如前文中所提到的第三幕中的梦中相会的场景。文成公主与松赞干布的舞台调度从不同空间的区隔过渡到同一空间的共在，体现为一种情感上的过渡。在剧中二人第一次互诉衷肠之后，在彼此的心中萌生崇拜与尊敬之情。到了第二次梦中相会的场景时，空间上的位移拉近了二人之间的关系，以增加情感交流。这一段舞台空间的调度则表现为情感上的递进。

笔者认为，时间是一种观念性的存在，我们无法用量尺来衡量时间本身的长度与宽度，但是时间是可以通过物体的变化来体现为一种永恒的存在的。我们无法触及时间，却可以通过四季的变迁感受到时间的流逝；我们无法看到时间，却可以通过月亮的阴晴圆缺来测量时间的周期。现实中的日升月落代表着一天的开始与结束，这几乎是世界上所有生物的共同认知，日出而作日落而息的生活节奏与人类的生存本能息息相关。在《文成公主》剧的舞台呈现中，时间的概念通过不同的表现形式与对象而得以体现。首先，“太阳”与“月亮”以交替的形式表达了时间的周期性与不可逆性。作为符号性的体现，日月轮转的表述方式为舞台这个虚幻的场域营造了一种超脱于现实的时间概念。其次，藏戏中温巴的“讲述”超脱于作品中的时间顺序与发展过程，凌驾于作品以外，将时间放在历史与当下的空间环境中加以不停地转换与表达。

空间是一种物理性的存在，舞台的空间叠加与调度体现了空间的共时性存在。舞台艺术对于空间概念的理解是立体的、多维度的，同时也是虚拟的、抽象的。因为，舞台空间的调度是物理空间的体现，通过队形的变化来诠释人与舞台之间的关系，同时体现出在舞台的场域中演员与观众的空间意义。而舞台空间的叠加是幻想空间的一种体现，是指对舞台中实际空间的区隔与并置而达到的多空间共现的立体感。舞台中的空间与时间是密不可分的，二者体现为一种相对的物质客观存在。舞台中的时间与空间构成了《文成公主》剧历时性与共时性的两条线索，并贯穿始终，串起了剧中碎片化的文化符号，并使之得以整合。

第二节 技术的超现实表达

在现代舞台的空间环境中，技术的充分利用能够达成与整个舞台艺术效果的配合，可以增强舞台艺术的整体表现效果和表现能力。虚实之间，光影的疏疏落落与浓墨重彩共同构建了舞台的空间想象，以一种更为独特和抽象的语汇描述着幻象中的故事与传奇。舞台艺术中的光影与色彩表现为水乳交融的同在。光影需要通过色彩的表述得以丰富，而色彩则需要光影的传递得以言说。本节通过对舞台中色彩与光影造像的分析，认为在整个作品中，色彩与光影相结合，在时空构成的共时性与历时性的线索中强化了文化符号的指代性意义。

一、色彩情感的体验

在舞台空间的构建中，色彩与主题之间有着极为密切的联系。“以某种独特的方式组织起来的线条和色彩、特定的形式和形式关系激发了我们的审美情感。我把线条和颜色的这些组合和关系，以及这些在审美上打动人的形式称作‘有意味的形式’。”①

（一）《文成公主》剧中色彩的冷暖

舞台色彩的运用与选择是有着基本的规律的。色彩的冷暖感是通过人体的视觉神经传入，经过中枢神经的处理之后体现在心理上的一种观感。一般从冷色调到暖色调的排列顺序为：紫、蓝、青、绿、黄、橙、赤，而有色光的灯暖感在形成人物的心境与环境的气氛烘托方面具有非常重要的作用。冷色调一般会给人一种静谧、清冷的氛围；而暖色调则具有热情、欢快、娱乐的气息。色彩对于人的心理效应具有显著的影响，而这种影响是相对片面的，也是缺乏文化意识的。

在《文成公主》剧的舞美设计中，白、红、黄色的运用是比较充分的。其中，以大明宫为地理坐标的“大唐”以黄色的色调为基础色，并通过明暗的对比向橘红、红色过渡；以布达拉宫为地理坐标的“吐蕃”则以红色的色调为基础色，通过其他色彩的中和，以达到表达内容与推动情节的目的；以煨桑炉为地理坐标的“大昭寺”以白色为基础色，后以紫色、黄色等色彩加以润色，使得色彩更为饱满。

我国的舞台艺术作品创作方式与手段，大多数是从西方的经验中习得。宏大的叙事方式与现代的舞美设计使得当代的舞台艺术作品趋于同质化和模式化，从而缺乏对作品本身的深度思考和文化观照。

单从色彩学的角度来看，色彩本身是没有灵魂和意义的，人们能感受到

---

① ［英］克莱尔·贝尔：《艺术》，薛华译，江苏教育出版社 2005 年版，第 4 页。

色彩的情感是因为视觉经验在与外在事物发生一定的呼应时，就会使人们产生某种心理上的情绪，而这种情绪几乎是人类所共有的。例如，看到红色会联想起火焰、鲜血，而黑色则会让人联想到黑夜等。然而，在人类社会中，色彩被赋予了更为深刻的意义，在不同的社会环境和民族文化中，色彩所代表的符号性意义则相差甚远。

（二）《文成公主》剧中的色彩意义

在许多民族中，色彩不仅仅是日常生活的一种调剂品，通常具有宗教仪式、图腾崇拜与礼仪教化的符号功能与作用。在藏民中，色彩像是一种民族内部的语言符号，在千百年的传承中，渗透了民族集体意识的认知，在形式化的过程中传递着民族文化的深厚内涵。一定种族或民族对于某一色彩的偏爱和厌恶，固然与它的自然条件如身体特征性有关，但产生这种现象更深的原因是为民族生活所制约，从而在心理上产生“相当复杂的联想”。而这种所谓的“联想”就是符号与所承载的象征意义之间能指与所指的联系。

1. 红色与杀戮

在藏族的色彩观中，红色与白色是一对常见的色彩符号，这一点与汉族基本相同，但是二者所蕴含的文化意义却截然相反。前者认为红色具有“杀戮”的象征意义，而白色则代表纯洁；后者则认为红色才是喜庆、成功的象征，而白色则具有恐怖、死亡的意义，因此会有“红事”与“白事”之分。在藏文化中，红色具有“杀戮”的含义。红色代表鲜血，“在藏语中，‘红’的转义是以其色与血肉相联系，可以引出‘荤腥’‘血腥’和‘凶兆’的含

图 3-4 《文成公主》剧结尾时为观众准备的青稞粉

义”[①]。在藏区流传着一句谚语：“在作恶者的眼中，后世的道路都是红的。”在这里，红色被赋予了邪恶、不吉利的象征意义。

2. 白色与纯洁

“藏语中的‘白’——‘尕鲁’，多代表合理的、正确的、忠诚纯洁的以及大吉大利的意思。在藏语中，称思想高尚为‘伞巴尕鲁’，称心地善良为

① 陈笑鸥：《藏族的色彩审美和藏族文化》，硕士学位论文，兰州大学，2007 年，第 10 页。

‘森母尕鲁’，称光明圣地为‘却科尔尕鲁’。”[①]“白”还具有道德情感上的意义。如果是一个善良、正直的人，藏族的俗语会说“即便是砍头，流出的血也是白的”。藏族对于白色的崇敬不仅仅源于藏文献中浩如烟海的神话传说，还与人们的生活环境息息相关。白色的雪山、白云，白色的乳汁，白色的羊群，都在藏族群众的心灵中占据着重要的地位，使他们由衷地崇尚大自然赋予的白色之美。在藏族的传统信仰中，对山神的崇拜古已有之。由于西藏地势较高，几乎所有的高山山顶都是终年积雪，而在藏民心中，高耸的雪峰是具有神圣性的。在这里，山神的崇拜与洁白的雪峰是符合藏民心中对于神灵的期待的，而“白色”成为一种标识符号，也被赋予了神圣、纯洁的意义。

白色的煨桑炉在剧中出现了两次，煨桑炉每一次出现都具有祈福纳祥的意义。第一次是全剧开篇的煨桑仪式，桑烟的气味布满全场，使观众产生强烈的代入感，仿佛置身于转经队伍，游走在大昭寺的周围；第二次的出现是全剧的结尾，同样的白烟升腾。煨桑炉中的烟被视为人与神之间沟通的媒介和桥梁。远古时期的人们认为神灵住在天上，而如何让天上的神灵得知人类的愿望与祈求，这中间需要一种媒介。而桑烟徐徐飘向天际，成为最接近神灵的存在。这一点在许多宗教信仰中都有体现，如萨满教中赋予鹰隼（海东青）的神圣意义亦是如此。“藏民在煨桑时都确保烟越浓越白越好，切忌明火冒黑烟，这与藏民的白色崇拜有关外，也与烟的特性有关。‘白烟’给人的是一种飘渺虚幻的感觉，与藏民信仰的佛或神灵的神秘性相吻合。”[②]在这里，白色除了纯洁、善良等意义，还被赋予了一层神秘的色彩，具有了宗教

① 陈笑鸥：《藏族的色彩审美和藏族文化》，硕士学位论文，兰州大学，2007 年，第 9 页。

② 崔粉亚：《浅析拉萨藏民族的煨桑仪式》，《大众文艺》2015 年第 13 期。

的意义。在作品的结尾，工作人员会给观众席送来白色的青稞粉，在最后的祈福仪式中，观众与演员同时将手中的青稞粉抛撒至空中，然后随风飘散，以示吉祥。白色又具有了喜庆与吉祥的象征意义。

3. 黄色与权力

在《文成公主》剧的舞台美术中，大明宫的主题色调为黄色，金碧辉煌的大明宫是全剧唯一一处运用大量黄色的布景。在汉族的文化体系中，“黄色”被视为权力的象征。在中国的五行当中，黄色与土地相对应。这主要源于古代农耕民族对于土地的敬仰与崇拜，而后这种思想与“华夏—四夷”的天下观相联系，形成了以土地占有为依据的国家观念，而“黄色”与“土地”“国家正统”的观念相联系，成为君权的象征。大明宫以黄色为基础色调，象征了不可撼动的皇权与威严。而后出现的文成公主亦选择了黄色作为服装的基础色调，成为这种皇权与威严的符号性延续。

除此以外，剧中关于色彩的隐喻表达十分丰富，如表 3–2 所示。

表 3–2 《文成公主》剧中色彩符号的象征意义对照表

情节	内容	色彩	色彩的象征意义
煨桑炉	煨桑仪式	白色	平安、幸福
大明宫	禄东赞前来求婚	黄色	皇权、威严
文成公主	和亲之路	黄色	皇权的延伸
火塘	百人锅庄	红色	生命、热情
倒淌河	碎镜、过河	绿色	别离、思乡
打阿嘎	修建布达拉宫	白色	淳朴、勤劳

续表

情节	内容	色彩	色彩的象征意义
梦境	在花神的帮助下，公主与赞普梦中相会	粉色	温暖、爱情
雪崩	翻越雪山	蓝色	寒冷、危险
佛祖	雪崩后佛祖显灵，普度众生	黄色	解救、宗教
婚礼	到达吐蕃后举行婚礼	红色	欢快、热烈
尾声	抛撒青稞粉的祈福仪式	白色	吉祥如意

从表中可以看出，仪式作为首尾相连的结构性表达，成为全剧的开篇与结尾，形成一个相对完整的统一体。而剧中白色成为仪式的基本色调，被赋予了平安、幸福与吉祥如意的象征意义。同时，在打阿嘎的环节中，为了突出藏民的淳朴善良与勤劳的生活态度，也选择了白色作为基本色调；黄色在藏族的文化体系中与宗教有着密不可分的关系，这一点与雪崩后佛祖显灵的内容相对应。但同时，在汉族的文化体系中，黄色与皇权之间的内在联系同样有着符号性的象征意义，这一点在大明宫与文成公主的色调中可以窥见一斑；剧中对于红色的使用脱离了藏文化的象征体系，以一种更为普适的感觉体验表达了生命的生生不息与热情，以及汉藏联姻、和美一家亲的美好愿景；绿色与蓝色则被分别赋予了离别、思念和危险、困境等意义。

二、光影造像的虚实

光影作为舞台空间的重要组成部分，本身就具有指代性意义。《文成公主》剧通过对舞台灯光的设计与操控，使灯光的强弱虚实之间形成了强烈的对比，从而达到强化符号象征意义的作用。

（一）光影下虚空的幻境

在《文成公主》剧的舞台呈现中，光影所体现的虚拟空间主要体现在以下两个方面。

1. 通过光影的对比，强化情感的表达

通过光影明暗的强烈对比，以强化情感的表达。在第二幕中，文成公主一行人走到倒淌河边，淡绿色的灯光将整个舞台笼罩在一股忧伤的离别氛围之中。在这段即将别离故土的情节当中，舞台基本色调一直保持着低沉的绿色，但是对于文成公主，一直有追光对其进行补光。所以，在整个舞台的空间环境中，尽管低沉的绿色无时无刻不透露着忧伤，但是照在文成公主身上的一抹光亮在光影的强烈比较之下，显得如此的富有生机和活力。艺术表现有虚实相合、虚实相生的特点。艺术只有虚实结合，才能真实地反映有生命的世界。在舞台艺术的表现中，“虚”多有通透、玲珑、流动之感，而“实”更多地表现为与“虚”相辅相成。二者的关系可用“虚由实生、实仗虚行，以实为本、以虚为用”十六字加以概括。虚实的意象可以通过许多方式和手段得以表达。

2. 通过光影的变化，实现空间的位移

前文中曾经提到，在《文成公主》剧的第一幕中，文成公主与远在吐蕃的松赞干布有一次穿越空间的对话。在这段情节当中，空间的位移是通过光影的变化而得以实现的。在第一幕第一场结束后，文成公主身后的长安大明

宫背景慢慢暗下，但是打在公主身上的追光在漆黑的夜空中反而更加地明亮了。灯光此时体现出了一种空间的纵深感，使得主人公此时脱离了原本的空间环境。而之后蓝色的流光营造出了一小块独立的空间，表示该区域独立存在，与舞台上的其他空间相区隔。松赞干布慢慢地走到了这个独立的空间之中。在音乐的伴奏下，文成公主与松赞干布进行了一段心灵的对话。

（二）舞台中真实的楼阁

《文成公主》剧的舞台美术具体表现为实景多于虚景，写实多于写意。导演更多的是从实实在在的舞台造景出发来再现人物的性格与所处环境，而不是通过虚拟的时空感与捉摸不定的身体符号来构建一个空灵的思想境界。

第一，从舞台布景上来说，大明宫、布达拉宫、煨桑炉、火塘等以实实在在的钢铁、木头、塑料等物，将建筑物的金碧辉煌和巍峨大气展现在观众眼前，成为看得见、摸得着的存在；第二，从演员方面来说，演员的数量会直接影响观众的视觉感官，从而产生大气磅礴、震撼、恢宏的视觉震撼，以达到从未有过的心灵体验；第三，从构图的真实性上来说，羊群、马匹、牦牛的加入真实地再现了当地人民的生活状态；第四，艺术形式的存在需要赖以生存的空间，而这种空间表现为特定的文化语境。

虽然《文成公主》剧力求还原现实生活，但是舞台的艺术空间还是会割裂艺术形式与文化语境之间紧密的关联性，使得原本的功能性“意义”不复存在，而衍生出了一种适用于舞台表演的“观赏性”。而这种表现的优势在于“以实叙史”，力求在舞台上构建一个客观的、“真实的”空间景观，使历史于舞台的虚幻空间中得以最大限度地重现，使观众达到最为“真实”的观赏体验。但是，在西方艺术求“像”、中国艺术求“象”的美学诉求语境中，对于民族题材的作品来说，以求“真”“像”的再现式舞台表达是否存在不足和缺陷，是值得探讨和思考的。

笔者认为，对于少数民族来说，色彩本身所带来的视觉感观远远不及色彩所蕴含的文化意义来得重要和深刻。在少数民族艺术作品的表达中，色彩作为一种民族文化符号的表征与体现，是极为重要的。因为它不仅仅是一种审美需求，更是一种文化的表达与输出，通过对色彩的不同组合、搭配及运用，来构建艺术作品的民族特色，使抽象的民族文化概念通过具体的事物得以展现。

第三节　多元文化的舞台空间

美国人类学家罗伯特·雷德菲尔德在《乡民社会与文化：一位人类学家对文明之研究》中进行了关于“大传统与小传统”的探讨与论述。在雷德菲尔德的表述中，前者代表着国家与权力，是指由城市的知识阶级与人群所掌控的书写方式的文化传统；而后者则代表着地方与乡村，是指由乡村的乡民所掌握的口传身授等方式的大众文化传统。雷德菲尔德的这一理论又被称为“城市精英大文化”与“乡村通俗小文化”。本节通过汉、藏文化差异的互构与藏文化内部差异的同构两个方面，对作品多元文化舞台空间进行探讨。

一、汉、藏文化差异的互构

《文成公主》剧中包含了汉族与藏族两个民族在特定历史时期的文化传统与特征，二者的差异通过作品高度凝练的文化特质对比而得以突出和强化。这种差异性主要体现在三个方面：语言文字的差异、服饰的差异、乐舞文化的差异。

（一）语言文字的差异

从语言和文字的角度来看，剧中为了突出人物与环境的地域性特征，使用了汉语与藏语两种语言。

1. 汉藏双语字幕与歌词

《文成公主》剧所有的字幕都由汉语与藏语两种语言构成。这样，既能够体现作品的民族文化特征，突出汉藏团结的核心主题，又能体现民族文化关怀。《文成公主》剧较之音乐剧做出的最大改变就是歌词唱段的语言，全部改成汉语与藏语相结合的形式。其中，文成公主以及随行团队所唱内容全部由汉语表述，而以松赞干布、禄东赞为核心的藏族民众全部使用藏语来进行表达。这就出现了一种奇特的视听效果，在文成公主与松赞干布互诉衷肠、倾诉心中理想的唱段中，文成公主用汉语，松赞干布用藏语，二者如此完成了一段二重唱。台下的观众一方面在感叹作品能够用心良苦地维护民族文化的独特性，另一方面频频地看着两侧的字幕，以求快速地搞清楚，男女主人公的对话内容到底是什么。

2. 藏文的标志性意义

文字作为一种标志，成为地域性的文化符号。第二幕文成公主过倒淌河之后进入吐蕃境内，在沿路的石壁上出现了雕刻的吐蕃文字，内容为藏传佛教中的六字真言。在这里，作品试图将吐蕃的文字作为一种文化标志，移步换景以体现空间位置的地域性特征。但是这段内容的出现显得有些突兀，对此，笔者在详细地看过了创作脚本并与音乐剧进行比较的时候发现，关于文字的内容，原本情节应该是松赞干布于帕邦喀共卡玛如宫中得知吞弥·桑布扎创建吐蕃文字成功，在高兴之余用吐蕃文挥笔写下六字真言的情节。但是《文成公主》剧中将该段内容删掉了。

（二）服饰的差异

服装的差异是另外一个比较有特点的内容。与语言文字的情况相类似，以民族属性为区分标志，汉族的文成公主团队以唐代服装和造型为主，以松赞干布为主的藏族民众以吐蕃的藏族服饰和造型为主。二者通过外在的服装与造型的塑造来勾勒人物形象。例如，文成公主在出场时身着华丽端庄的唐代宫廷服饰，宽袍大袖，极尽大唐气象。而松赞干布作为雪域之神，要体现出独有的英武之气，所以在传统的藏服之外加上了一件华丽的斗篷，显示其一方霸主的气质。

（三）乐舞文化的差异

乐舞方面的差异在剧中的体现是比较突出的。乐舞的差异性体现与前文所述的，以民族属性为区分标志的方式有所不同，而是体现在强大的地域性特征之上。在第一幕中，为了试探禄东赞，太宗李世民让百位宫女穿着同样的服饰起舞，而文成公主混在其中，让使者禄东赞猜出哪位是真正的公主。这一段情节的表演中，百位“公主”在华丽的编钟与丝竹管弦的交相辉映之下有一段舞蹈表演。动作幅度较小，风格稳健端庄，具有宫廷舞蹈的遗制与规范性。第二幕的吐蕃旷野的锅庄与开篇的山南果卓动作粗犷豪放，以藏族舞蹈典型的扁鼓、长袖为特征，以屈、颤和右、顺的力度与动势挥洒着民族舞蹈的热情。

二、藏文化内部差异的同构

在《文成公主》剧中汉藏文化的差异在对比中得以强化和体现。而在藏文化的内部体系构成之中，区域性的差异也是值得关注的焦点。在作品的最后一幕“汉藏和美”中，藏文化本身的丰富性与多样性在舞台环境的烘托下得以呈现。篇章以藏族特有的舞蹈为表现形式，展示了西藏各地不同的舞蹈风格与特色。

在《文成公主》剧的第五幕中，编导以舞蹈的形式展示了西藏各地区内部文化差异。

表 3-3 《文成公主》剧第五幕中出现的舞蹈列表[①]

舞蹈名称	表演者	地区	动律特征	风格特征	服饰
囊玛	女性	拉萨	抬脚、甩手、踏点步，动作幅度也比较小	高贵典雅	服装华贵，镶嵌珠宝，具有宫廷服装的特点
金洞乡民间舞蹈	男性	林芝	节奏明快，三步一抬	粗犷有力	头戴熊皮黑帽，身着传统服饰
果谐	女性	山南	重拍起步，三步一抬，顿地为节。膝盖到脚掌直硬落地，节奏明快	自娱性民间歌舞，载歌载舞	传统服饰

① 该表格为笔者通过对编导与演员的口述内容整理而成。

续表

舞蹈名称	表演者	地区	动律特征	风格特征	服饰
甲谐	男性	日喀则	表演时不停地摇摆帽子，使流苏跟着身体动律摆动	粗犷豪放、彪悍勇敢。体现为一种原生态的美感	头戴大而圆的流苏帽子，身着传统服饰
宣	女性	阿里	动作幅度小，双臂在胸前交叉相连，边歌边舞	高贵典雅，宗教特征鲜明，古象雄文化的体现	华服、斗篷、珠宝首饰

通过对上述表格的整理与分析，笔者认为，在艺术创作的过程中，民族文化的差异性不仅仅表现在以民族属性为区分的两种文化系统之间，还表现在同一文化系统的内部。《文成公主》剧在结尾处用舞蹈的手段勾勒一幅丰富立体的藏文化图景，体现了对同一民族内部文化多样性的观照。在《文成公主》剧的舞台呈现之中，大唐与吐蕃以宏大的叙事方式共同构成了“大传统”的文化表达；而吐蕃内部的文化差异则成为“大传统”内部各“小传统”的共时性呈现。

笔者认为，对于一个民族的文化艺术研究来说，简单地从单一民族的视角进入研究显然是不够的。中国是一个历史悠久统一的多民族国家，每一个民族都有自己独特的文化，记录着这个民族的产生、发展的足迹，其文化的传承反映着这个民族的连续性、稳定性和生命力。既往的人类学学者总是对这个群体或社会孤立地进行研究；但到了今天，他们把对一个群体或社会的研究放在它和与它相关联的大群体或大社会之间的关系的背景中去探讨。同理，对于艺术作品的研究不能仅仅着眼于作品本身，除了将其放置在特定的民族文化语境内，还要考虑一个更为宏大的文化景观。

图 3-5 《文成公主》剧第五幕藏族舞蹈剧照

民族文化符号的堆砌使得整个舞台空间弥漫着一种“藏文化的味道”，《文成公主》剧作为一部以藏文化为核心的史诗剧成为一个由文化符号构建的艺术场。在这个场域中，导演、演员与观众合力构成了一个相对独立的虚幻空间，通过对民族文化符号的加工、整合、输出与接受，达到了文化传播与思想传递的目的。

表 3-4 《文成公主》剧中藏文化元素的象征意义对照表

	事件	符号选择	时空	象征意义
序	煨桑仪式	煨桑炉	现代	吉祥幸福
第一幕	求亲	大明宫	大唐	皇权高高在上的大唐气象
第二幕	想家		唐蕃河界	树立和亲的决心
	讲述	藏戏	现代	
第三幕	公主跳锅庄	火塘、锅庄	吐蕃旷野	生命、热情
	梦境		虚拟时空	温暖、幸福
	在路上	日月交替	吐蕃	时间、前路漫漫

续表

	事件	符号选择	时空	象征意义
第四幕	打阿嘎	木夯	逻些	淳朴、善良、勤劳
	雪崩		雪山上	危险、寒冷、困境
	佛祖显灵	喇嘛	雪山上	解救、宗教
	讲述	藏戏	现代	
第五幕	婚礼	舞蹈	逻些	幸福美满、汉藏和美
尾声	抛撒青稞粉		现代	吉祥如意

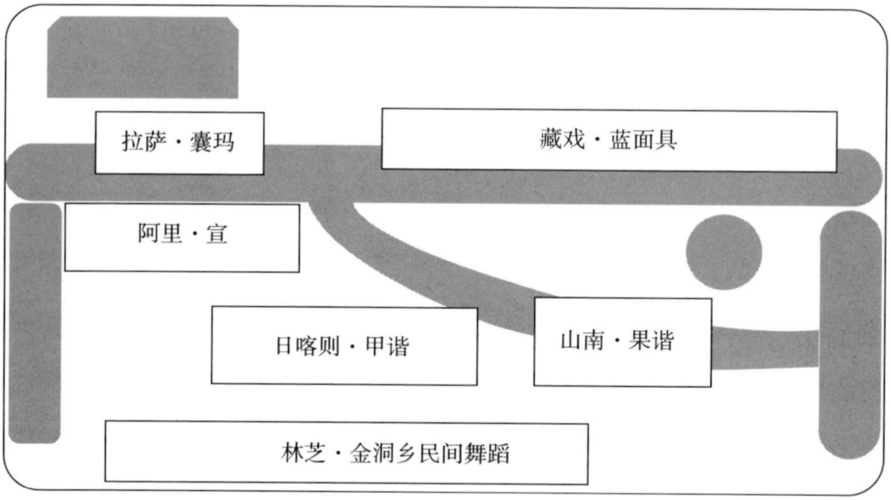

图 3-6 《文成公主》剧第五幕藏舞舞蹈集锦手绘图

第四章

象征：

民族 · 边疆 · 国家

第一节　民族团结：《文成公主》剧体现的价值目标

西藏自治区党委副书记齐扎拉在拉萨市“首届文成公主主题论坛”开幕式上的发言中讲道：“要站在讲政治的高度、民族团结的高度，想方设法把大型史诗音乐剧《文成公主》推出国门、走向世界，唱响一曲藏汉民族团结、歌颂真善美的颂歌；要以一流的设计、一流的策划、一流的演艺水平，力争把《文成公主》打造成中国一流的文化品牌。”[①] 特定的生产空间与时代背景赋予《文成公主》剧不一样的象征意义与价值。

一、《文成公主》剧中的民族精神

（一）“主旋律”的思想贯穿始终

“主旋律”一词原本是指一部音乐作品或乐章的旋律主题，后来引申为

① 《精心组织 打造中国一流文化品牌》，《西藏日报》（拉萨）2012 年 11 月 3 日第 2 版。

一般文艺作品的主要精神或基调。起初主旋律多是用于对电影内容的评价，大部分是在政府指导下弘扬国家形象的作品。“主旋律电影”的概念提出迄今为止已经有 20 余年了。从“十七年”政治化的电影与文艺作品到重大历史革命题材的文艺作品再到当今的主旋律大片，主旋律的电影创造者不断突破已有影片的创作模式，与时代接轨，契合当下的时代精神。然而，舞台艺术作品的发展却有所不同。虽然主旋律的舞台作品层出不穷，但是在大量的口号式情感宣泄的模式下，舞台作品在艺术创作方面则少有突破。

在投资方经理刘琪看来，《文成公主》剧的成功一方面是对主旋律的弘扬与宣传，这一点与国家对于边疆的稳定发展路线相一致；另一方面是对观众或者游客的心理关怀。以春风化雨的方式来进行爱国主义教育，这种方式更容易为大众所接受。其实，纵观整个作品，无时无刻不透露着“国家”“民族”“团结”“和美”的字眼，这一点不是作品本身创造的，而是文成公主的历史故事所赋予的，是历史性的，而非艺术性的。如果抛除了汉藏和亲的故事主线，作品本身是不具有“主旋律”的精神内涵的。正因如此，当《文成公主》剧的主创人员在面对镜头的时候，更多的是在倾诉作品创作、排练与场馆建设的“艰辛之路”，而这一点与文成公主进藏的“和亲之路”形成了一明一暗、一台前一幕后的共鸣，这种交相辉映的叙述方式通过大众媒体而得以展现。

（二）“文成公主精神”的当代体现

大众媒体对于《文成公主》剧主旋律的贯穿始终起着推波助澜的作用。在拉萨电视台的一档节目《西藏诱惑》中，主创人员对于《文成公主》剧的创作都表露出了自己的心声。

图 4-1 群众演员排练现场

导演白芨说："文成公主走了三年，我们这个剧已经走了四年。每次跟他们讲这个戏的时候，我眼泪都要出来，真的是这样。尤其是四幕二场，最受观众欢迎的那个雪景的时候，给演员们、公主们讲文成公主一行的艰难历程，我自己都是非常感动的。演员也是一样，每一次进行这一段表演，他们进入角色时眼泪就要出来。所以说这种情，不仅感染了自己，更多地也想感染给观众。"①

副导演才旺卓玛说："我在外面这样做这个事业，我老公刚开始不是特别地赞成，也不是特别地理解。但是我必须要做。刚开始起步的时候，我觉得我怎么会那么累，到家里是一个女人、母亲，在外面是一个导演，拍那么

① 2016 年 9 月 9 日，笔者于《文成公主》剧场对导演白芨进行访谈。

多的东西。但是慢慢地我觉得，这件事你不干谁去干，你干就要干好。你是一个导演，就要按照导演的身份去做。”①

剧场管理张海说：“现在我们这边工人已经开始在装字体了。你看现在已经装得差不多了。天还在下雪，还打雷了，拉萨很少听到打雷的。今天（2016年4月20日）的天气还好，不算很恶劣。拉萨经常下雪，刮大风，人都站不稳。今天下了一点小雪，他们还在继续赶工。”②

白茇、才旺卓玛与张海只是主创团队中的个例，通过大众媒体的滤镜，他们便成为这个创作团队的代表，具有了典范的意义。三人的身上共同拥有了一种不畏艰险、吃苦耐劳、甘于奉献的精神，而这种精神与文成公主远赴吐蕃和亲，一路上历经艰辛所秉承的精神是一致的。因而，三人在此时其实是作为文成公主的精神化身而成为“典范”，文成公主的精神作为一种“信念”成为“主旋律”的基本内涵之一，具有了象征意义。在《文成公主》剧的创作与宣传过程中，媒体参与了“主旋律”概念的生产过程，并在其中推波助澜。

二、《文成公主》剧中的核心凝聚力

《文成公主》剧的核心凝聚力，体现为一种人文精神上的塑造。在《文成公主》剧的创作之初就已经明确地提出“汉藏和美、民族团结”的主题思想，文成公主的形象也被塑造成为民族团结的标识性符号。在该主题的形

① 2016年9月9日，笔者于《文成公主》剧场对副导演才旺卓玛进行访谈。

② 2016年9月9日，笔者于《文成公主》剧场对剧场管理员张海进行访谈。

成与选择过程中，有一些因素促成了“汉藏和美、民族团结”这一符号的生成。

首先，具有悠久历史的藏族人民，在改造和征服青藏高原的生产活动中，在与其他民族文化不断交流和融合的过程中，创造和发展了独具特色而又丰富多彩的民族文化。在中华民族56个成员中，藏族拥有的历史资料数量众多，内容广泛，涉及政治、经济、法律、历史、语言、宗教、哲学、文学、艺术、体育、教育、天文历算、医药等多个领域。它既有丰富的精神文化，也有广博的物质文化；既有本土文化的成分，也有外来文化的因素；既有浓郁的宗教文化，也有丰富的世俗文化；既有封建贵族、农奴主的剥削阶级文化，也有广大劳动人民的民间文化。同时，唐代文化作为特定时期汉族文化的代表，表现出了一种丰富多彩、博大精深的态势。在《文成公主》剧中，藏文化与汉文化形成了族际之间的强烈对照，并通过“进藏之路”的逐步深入来突出民族文化的特性。在这一点上，不仅中华民族文化的多样性与差异性得以充分体现，文化之间的交流与互通的历史同样得到很好的诠释。

其次，和亲的故事具有深刻的政治意义。和亲不完全仅指公主出嫁的婚姻关系，它包括双方的名分、赠予、互市等和好亲善同盟的意义。同时，和亲对于边疆民族政权地位的提高、民族融合、文化交流、经济繁荣等方面的影响确是深远的，切不可低估。此外，从长远角度看，和亲也有益于中华民族的认同与团结。和亲体现了一种身份关系的确立与认同。笔者认为，有史以来，中国一直秉承着“家、国、天下”的观念，《大学》载：“修身齐家治国平天下”，在这个逻辑中，“家”体现出了一种亲密的血亲关系，“国”体现的是一种与江山社稷、土地与人民、文化之间的归属关系，而“天下”更多的是体现出一种胸怀和气度。那么，在这样的逻辑分层下，“家”作为血亲关系的体现，家庭成员之间呈现出一种血脉相连的天然亲密感。和亲将“国”的归属关系转换为以“家”为核心的血亲关系，呈现出一种家庭成员之间“团结一致”的必然性。至此，民族团结的人文精神价值得以建立与体现。

笔者认为，核心凝聚力作为国家力量和民族精神的表征，是国家重要的无形资产，也是国家软实力的重要内涵。硬实力可以通过有形的军事、经济等实力来展现，而软实力则更多地通过对文化、价值观等的影响力来得以展现，是精神文明的集中体现。《文成公主》剧是一部以民族团结为核心思想的史诗剧，剧中所歌颂的民族团结精神正是我们这个时代需要弘扬的主旋律。民族团结精神与前文所提到的“文成公主精神”是一脉相通的。

第二节　边疆发展：《文成公主》剧带来的社会效益

西藏自治区以民族特色优势产业为主导，其中包括藏医药、高原种养加、清洁能源、民族手工业，以及文化旅游等，并形成了特色的产业结构。根据西藏自治区人民政府的官方网站公布："2015 年，全区第一产业增加值 96.89 亿元、增长 3.9%，第二产业增加值 376.19 亿元、增长 15.7%，第三产业增加值 553.31 亿元、增长 8.9%，三个产业比重为 9.4∶36.7∶53.9，第三产业规模超过一、二产业之和。"第三产业的迅猛发展带动了整个西藏自治区的经济、文化发展，同时也重构了拉萨市旅游产业的分布格局。旅游业作为西藏自治区文化产业发展的重点，近年来成为当地经济发展的支柱产业。其中，《文成公主》剧对于经济的拉动功不可没。这是因为，《文成公主》剧的辐射范围绝不仅仅是作品本身所依靠的票房，还包括其维系在该剧周围的相关产业，以及所带来的更为深刻的文化转型与变迁。

一、文成公主对吐蕃发展的影响

首先，边疆作为地理概念时，是指边界地域的存在。地域上有人民，然后有文化。所以综合来看，边疆，这一具有强烈地缘意义的词汇，其本身的内涵是多层级的。边疆一般具有三层含义：一是指地方与国家政治中心之间的地理关系，远离中心则为边疆；二是与居民相关，生活在边疆地区的人民被称为“边民”[①]；三是与该地区的生态环境、生活习俗息息相关，从而产生的地域文化。而我们常说的边疆，与后者具有着更为密切的联系。其次，将边疆视为一种历史进程时，边疆的概念不仅仅是指人口的流动区域，也包括地方、历史与认同的观念接触与碰撞。在观念接触与碰撞的过程中，政治权力与文化交流基本表现为两种态势，一为中央对边疆自上而下的政策导向，二为边疆对中央自下而上的政策响应。

边疆是一种动态性的存在，地方历史的复杂性不能被时间淹没。纵观我国历史上各朝代对边疆政权的政策，不外乎“战”与“和”两种，而“和”的表现方式则较为丰富，其中以婚姻关系为纽带的“和亲”政策为最主要的方式。“和亲”政策从汉代开始，以隋唐时期为最盛，曾有数十位公主远赴突厥、吐谷浑、吐蕃、回纥、契丹等地，同时也有数十位公主来到中原地区。和亲政策的影响和意义是十分深远的。首先，从政治上来说，和亲对边疆的稳定、地缘关系的确立起到了十分重要的作用。从某种意义上来讲，和亲是君臣从属关系的确立，这种关系的确立同时标志着更为广大的“一统天下”思想观念的形成，对大一统局面的形成、民族融合、边疆稳定的巩固和

---

① 参见关凯《反思“边疆”概念：文化想象的政治意涵》，《学术月刊》2013 年第 6 期。

发展起到了积极的影响。其次，从民族关系上来说，和亲对于民族认同、民族融合、民族关系等均具有一定的积极意义。最后，和亲为中原王朝与边疆民族政权之间的文化交流和经济贸易互通建立了平台，对后世产生了深远的影响。

历史上的文成公主作为汉藏交流的重要纽带和桥梁，沟通了汉藏地区的文化交流与经济、政治往来。从政治意义上来说，和亲作为古代边疆羁縻政策的一种手段和方式，其本身就承接着边疆稳定的重要功能和作用。文成公主和亲吐蕃对后世中原地区与边疆地区的和平共处和长治久安起到了积极的作用和意义。从文化上来说，文成公主开启了汉藏文化交流的先河。文成公主从大唐携带了大量的书籍，其中包括政治制度、规章典范、礼仪、文化、艺术、宗教、农业，等等。与之随行的还包括各类技术人才，如工匠、木匠、建筑师，等等。这些书籍、人才将大唐的技术与文化带到吐蕃，对吐蕃的经济与文化发展来说做出了巨大的贡献。从经济上来说，文成公主将大量的谷物与种子，及播种、养蚕、农耕等技术带到吐蕃，并且进行一定的普及与推广，从而丰富了吐蕃地区的生产生活方式，使当地居民由单一的畜牧生产转变为多种生产方式并存。

二、《文成公主》剧对拉萨发展的影响

《文成公主》剧从 2013 年上演以来，经过两次较为大型的升级改造，其中包括对作品创作方面的不断完善与调整，也包括对于场馆灯光舞美效果的全面升级。2015 年，该剧荣获第六届西藏“珠穆朗玛文学艺术奖”特别奖。截至 2016 年 4 月，该剧共演出 444 场次，观众达 75 万人次，票房加衍生品

销售额达 2.94 亿元。[①]

在园区的建设过程中，村子里许多习以为常的生活方式或主动、或被动地发生了一些改变。转变的主要原因是园区的建设场地设置在次角林村及其周边大面积的草场与耕地，原本以农耕和畜牧为主要生产生活方式的村民失去了赖以生存的土地，其生产生活方式发生了根本性的转变。这种转变主要表现为两个方面：一是从农耕畜牧到商业发展的转变；二是村民们整体收入的增加。

（一）从农耕畜牧到商业发展

2012 年场馆的建设初期，拉萨市城关区管委会、次角林村村委会为了增加村民的收入，协调开发商，鼓励群众参与建设。当时参与建设报名的村民有 600 多人。基础建设之后，村民的整体收入增加了 1300 多万元。2013 年 5 月，《文成公主》剧开始招募演员，在村干部的倡导下，次角林村近 150 人走进了第一季《文成公主》剧的剧组。经过三个月的排练，同年 8 月首演。直到 2016 年，在园区参与后勤的保洁、治安、演员等工作人员共计 160 多人。[②] 在与村民的访谈中得知，许多原本以农耕和畜牧为主的人家，大多已经放弃了原本的生活方式，转而外出打工，或者搞起了运输。

> 我们家原来有地的，还有不少呢，十几亩，种的都是青稞。现在政府都征收了，建这个园区。我家在 2 组，就是现在园区（剧场）那

---

① 该数据出自拉萨市委宣传部 2016 年 3 月 24 日的《全市文化产业发展情况》报告。

② 2016 年 8 月 26 日于园区管委会办公室，笔者对办公室主任次央就村民参加园区建设与演出的情况进行的访谈。

边的地方。政府给了不少钱，拿这些钱我买了两辆大的运输车搞运输。我自己开一辆，我又雇了一个人，两辆车，赚得多点。收入比以前是好多了。现在拉萨周边好多地方都在建设，所以活多，赚得就多。原来一年种青稞有5000多元的收入，现在一年有一两万元的收入。最开始我在那个戏（史诗剧《文成公主》）当演员的，后来运输多了，就不去了。[①]

关于土地的问题，村子里像旺吉这样的情况并不少见，许多村民的土地被政府征收，原本的农耕畜牧生活发生了彻底的改变。而对于这种改变，大部分的村民表示，很乐意。其原因主要是政府征地的补助对于当地的农民来说是一笔不小的收入。许多村民在补助款发下来之后就盖起了新房。另外，政府组织村民学习驾驶技术，甚至开展免费的驾驶课程培训班。现在的次角林村几乎家家都有运输车。运输业的开展使村民们有了额外的收入，不再依靠土地生活。

（二）村民们整体收入的增加

在2012年以前（园区建设前），村民们主要是以耕种和养殖为主。耕种主要以青稞、豌豆、小麦为主。农田灌溉的方式，村民分成4组，每4天灌溉一次（16天一个周期）。耕种面积3601.8亩。养殖业主要是牦牛、羊、鸡，还有少数家庭养驴。2012年，村民的人均年收入是5800多元，现在村

① 2016年8月27日于次角林村，笔者对村民旺吉就政府征地建设园区以及村民参演史诗剧《文成公主》的情况进行的访谈。

民的人均年收入是 11430 多元。拉萨地处高原，旅游季节性很强。园区的建设不仅仅是提供了演员就业的平台，还包括后勤、保洁、餐厅等，这种就业是全方位的。目前政府在提倡易地拆迁，产业扶贫，在园区打造 1000 户，然后让这些贫困户住进园区，形成十分具有民族文化特色的风情园区。这样一来，带动外面（周边产业）的发展，也带动内里（当地群众、园区）的发展。

史诗剧《文成公主》的演员全都是拉萨各个地方的群众，全部都是群众演员，其中次角林村村民共有 160 人，加上剧场的其他部门工作人员，总人数达到 213 人[①]，每人每月工资 3000 元左右。这对于此前年收入 5000 元左右的村民来说，其整体收入有了巨大的提高。收入的提高带来的是生活水平的改善以及人们思想的转变。这两点可从下面的案例中得到印证。

游走在次角林村，到处是建设施工的现场，有的是园区盖起的高楼大厦，有的是村民自己在修建住宅，林林总总，错落有致。为了保证田野调查的顺利进行，能够更加近距离地参与观察，调研的后期，笔者住到了次角林村的一户藏民家中。主人是一个 14 岁孩子的母亲，丈夫在成都打工，儿子跟着丈夫在成都上学，不过是托管在学校的。她自己在家里照顾婆婆。第一次走进这个藏式小院，颇为震惊，矮矮的藏式建筑，里面却别有洞天。院子里有一个玻璃房，房屋的主人说，那是冬天晒太阳、喝甜茶用的。跟随着她的脚步，走进了这间“豪宅”。整个房屋共有大小房间九间，整体格局是一间套着一间，间间相连，以至开始的几天都在“迷路”，完全分不清每一间的功能和用途。佛堂里只供朝拜使用，而不能进行日常的聊天与对话，更不能吃东西；里面的主卧是老人家的，平时尽量少打扰。所以，我们的交流多

① 该数据为 2016 年 3 月的统计结果。

在院子里进行。这间不大的小院里种了爬山虎，稀稀疏疏地爬在玻璃房上，兴许是海拔的原因，院子里的植物长得很“瘦弱”，不那么茂密强壮。小院的一角有一个单独的小门，那里是一个完全现代化的洗手间，有太阳能热水器、冲水马桶、自来水管道。[①]

村子里像这样的情况不在少数，大部分的村民在园区的建设过程中都能够发挥自己的优势参与其中，并在地方政府的政策扶持下，重新找到工作的机会。笔者认为，生产生活方式是人类社会的一项重要内容，决定了个体社会的性质与发展方向。生产生活方式是一个历史的范畴，随着社会的不断发展，不同的历史时期、不同的人文环境均会对某一地区的生产生活方式产生一定的影响，从而产生变迁。文化是根植于生产生活方式之后而形成的一整套风俗习惯、宗教信仰、人文景观等，并由此而派生出不同的价值观念。同时价值观念又会对所处文化进行反作用。所以，生产生活方式在对人类思想认识和心理结构的形成中产生影响，并以此反映了人类的价值观念。因此，文化往往与生产生活方式之间体现出极为密切的关联，如海洋文化、农耕文化、畜牧文化，等等。生产生活方式的转变所体现出的不仅仅是人们收入与劳作方式的转变，更是人们在思想意识形态方面所表现出来的、潜移默化的转变。

但是，在经济大繁荣的背后往往存在着许多文化关怀上的缺失，这是不容忽视的。当村民们在欣喜着自家收入不断提高的同时，许多原有的文化习俗也随着经济洪流的到来而变得鲜为人知，或者无所适从。例如，村子里原本的林卡因为园区的建设成为创意园区的一部分，当被问及如何处理时，旦

① 2016 年 9 月 26 日于次角林村，笔者对卓玛就园区建设对村民的影响进行的访谈。

曾书记一脸严肃地说："我们正在寻找地方，这个一定会解决的。"直到田野结束的当天早上，最后一次踏进次角林村，村子里随处可见的建筑现场与机器的轰鸣声充斥着整个耳膜，远远地望去，找不到一点林卡的痕迹。

在经济文化全球化的时代背景中，文化的交流与碰撞体现出了前所未有的冲击力。一方面，当强势文化商品的品牌大量进入经济欠发达的民族地区时，这些地区在大量消费他者文化的同时，也面临一种文化上的危机，这种危机使得缺乏文化品牌的国家和地区原有的生活方式和认同被不断地削弱。另一方面，符合现代市场经济法则的品牌化方式开发原本处于弱势地位的民族文化，是一种开创性的方式，这种方式符合民族文化产业发展的原则，但是文化的差异需要每一个物种，为了生存并且达到其生命的根本目的，必须用一种独特的、不同于其他物种的方式维持其文化的特性。

《文成公主》剧在受到当地政府的大力扶持之余，也以丰厚的文化与经济成果给地方以回馈。《文成公主》剧不仅仅是一场看似华丽的歌舞表演或演出，更是具有多层次的象征意义。一方面，作为西藏地区唯一以藏文化为核心内容的史诗剧，《文成公主》剧是一种对外进行文化输出的物质载体，也是当地的一张文化品牌，而品牌本身就兼具符号性的象征意义；另一方面，"汉藏和美、民族团结"的主旋律一直是《文成公主》剧所歌颂的主题思想。以古观今，《文成公主》剧力求勾勒汉藏文化交流历史蓝图的同时，作为民族团结精神的物质载体，《文成公主》剧同样具有象征意义。

《文成公主》剧从前期的引入、推广到后期的大力宣传，其中政府给予的助力是不言而喻的。但是来自政府的力量却不仅仅限制于对作品本身的推广与宣传，也不仅仅囿于地方经济文化的发展，它体现出了一种深刻的政治象征意义，即国家治理层面的上行下效。

第三节　文化输出：《文成公主》剧体现的国家形象

《文成公主》藏文化大型史诗剧自 2013 年 8 月 1 日正式演出以来，受到了社会各界的广泛关注，在取得良好经济社会效益的同时，唱响了民族团结的主旋律，已成为拉萨市乃至西藏自治区新的文化旅游名片。世界银行前副总裁林毅夫在看过《文成公主》剧后说："这场演出比我想象中的还要震撼、华丽、动人。随着中国经济的国际地位的复兴，中国文化的国际地位也会跟着复兴，而这部实景剧就是文化复兴过程中的典范之作。"林毅夫对《文成公主》剧给予了极高的评价，同时也将作品放在了国际视角下，赋予了作品以中国文化复兴的典范意义。

一、民族文化的输出

文化输出在某种程度上就是输出中国的国家形象。从增强软实力的角度上来说，输出文化可以增强一国的国际影响力。"中国要输出文化，需要提高文化三个方面的能力：文化传播力，保证文化可以顺畅地传播出去；文化竞争力，保证文化在国际竞争中具有吸引力；文化表达力，确保文化可以准确地表达国家形象。”[①] 对于《文成公主》剧来说，文化的传播力、竞争力与表达力体现在作品的宣传与推广与民族文化的选择等方面。

（一）文化传播力：文化价值的宣传

对于作品的宣传与推广来说，《文成公主》剧有着极为深刻的政治意义，这一点与其他的演艺作品有着本质差异，这是作品的题材与内容所决定的。政府为《文成公主》剧中所宣传的“汉藏和美、民族团结”等主旋律的价值观保驾护航，成为地方首屈一指的文化品牌。同时，在作品的创作与意义表达中，民族团结的价值构建也在逐步地生产之中，而地方政府的宣传与推广在其成为当地文化品牌的过程中是其有力后盾。也就是说，作品的创作是一种意义生产的过程，而这个过程是为政府所倡导的预期价值观念所服务的。二者在互构与同构的过程中，形成了《文成公主》剧的象征意义。

（二）文化竞争力与表达力：民族文化的选择

西藏自治区拥有丰富且独特的民族文化资源，这为民族旅游演艺的发展奠定了坚实的基础。对于民族文化资源的开发和利用，究其根本亦是民族文化符号的输出与重构。笔者认为，民族文化资源本身具有强烈的民族特性，从林耀华与切博克萨罗夫经济文化类型的视角来看，这种民族特性源于其生产方式与地缘上的差异，以及基于此所产生的一整套文化体系。在这套文化

---

① 陈奇佳：《文化输出和国家形象的塑造》，《江苏行政学院学报》2009 年第 2 期。

体系之中，对文化资源的开发和利用亦是文化资本化的过程。《文成公主》剧在对民族文化资源的利用方面是有选择性的，这种选择性的标准源于差异性的存在。对于异文化的猎奇心理是每一位观众的心理潜意识，如何使文化在差异中对话是《文成公主》剧赖以生存的法则。因此，差异性成为民族文化资源选择的标准。

二、国家形象的塑造

符号体现了一种国家在国际环境中的文化立场，文化同时也是一种身份的象征。2017 年 9 月 8 日，《文成公主》剧的宣传片应邀在纽约时代广场的大屏上展示。这则宣传片浓缩了中国博大精深的汉藏文化，吸引了世界的目光，让世界看到了西藏。在宣传片中“China-Tibet”的字眼出现在了大屏幕中，而当“中国—西藏”被放置在国际环境的话语体系当中，则具有了不一样的意义。在体现中国多元一体文化格局整体态势的同时，也是国家文化输出与国家形象塑造的文化符号，具有国家—民族的象征意义。

国家形象是对一个国家的综合认知和总体评价。其中包括国内民众对于本国的认识和看法，同时也包括其他国家对于该国的认识和印象。从思想内涵上来看，国家形象的塑造可以从两个视角进行分析：一是中国古代文化“和而不同”的思想内涵；二是当代中国“多元一体”的文化发展格局。

首先，“和而不同”的思想在中国不仅仅在文化上具有重要意义，更是有政治上的特殊地位。和而不同体现了国家事务与民族关系之间的一条重要的发展规律，即国家之间、民族之间、地域之间存在各种各样的差异与不同。从这一点上来看，既是正常的也是必然的。《文成公主》剧的出现与产

图 4-2　2017 年 9 月 8 日，纽约时代广场大屏幕在播放《文成公主》剧宣传片

生是有着时代背景的，该剧的产生是西藏建设文化强区的现实需要，是拉萨深厚文化的历史积淀。从“和而不同”的思想内涵上来看，《文成公主》剧体现为由唐蕃时代便开始的政治与经济文化上的互通与往来，以历史的视角为今天汉藏文化的交流、民族团结的象征意义提供了历史性的理论依据。

其次，多元一体文化格局的发展态势是我国关于民族文化发展所遵循的理论依据。《文成公主》剧作为汉藏文化的代表作，在走出国门走向世界的舞台上展现出了海纳百川有容乃大的“大国风范”。而这种“风范”体现在对于文化多样性的包容上。文化之间的关系是可以协调的，通过文化安全的研究是可以解决文化之间的关系问题的。除此以外，史诗剧《文成公主》的推出具有极高的文化内涵，在提高拉萨旅游业与经济发展的同时又有助于民族文化的传播，这为增强区域凝聚力提供了助力。

第五章

反思：

艺术·差异·市场

第一节　如何表述神圣性与本真性

在艺术作品的创作中，主题人物的形象塑造往往通过其自身的不平凡与神圣性而得以彰显和刻画。在浩如烟海的舞台艺术作品中，史诗剧的人物形象塑造大多以波澜壮阔的叙事风格来刻画，运用英雄式的赞美与歌颂完成整部作品的核心主题表述。在《文成公主》剧中，文成公主是一位远赴边疆的和亲使者，通过对进藏之路的表述，彰显了汉藏民族团结一家亲的核心意旨。但是在藏族的神学体系中，文成公主作为度母的化身，其本身围绕着神圣性的光环。在文化表达与符号意义构建的过程中，神圣性与本真性的缺失体现出更为深刻的历史本位话语权的缺位。如何在作品的创作中体现民族文化的关怀，如何处理历史的真相与艺术的幻象之间的关系是本节主要探讨的问题。

一、神性与人性的转换

在唐朝的官修史籍中，文成公主和亲吐蕃作为一个历史事件，被罗列在冰冷的史书之中，而文成公主本人成为中原与边疆地区、汉族与少数民族和亲史上的一个遥远的身影。但是，在吐蕃，这是一个颇为重要的宗教故事，文成公主作为度母的化身同松赞干布一样进入了藏传佛教的神灵体系。如《西藏王统记》中有记载：

> 于此有三种不同见相：在十方如来境界中，见王与王妃二人，以十二佛行之相，作利一切有情之事；在十地等菩萨境界中，见圣观自在菩萨变化为赞普松赞干布，尊胜度母变化为汉女公主，作利一切有情之事；在世俗凡夫境界中，仅见王与王妃二人，交杯合卺，对搓牵丝而已。①

在舞台作品的创作中，我们习以为常地以汉族官修史籍为标准，将剧中的文成公主刻画成了一位远赴他乡的伟大女性英雄形象。与此同时，却缺乏关乎于他者的思考与关怀。在汉族文献与藏族文献的记录中，文成公主的形象和意义是具有结构性差异的。然而，剧中对于这一方面的观照却是缺失的。

在藏区，人们的日常生活与宗教信仰之间密切相关，教义就是一本生活的教科书，里面写满了对于这个世界的认知与体会。在许多藏民的眼中，文

---

① 索南坚赞:《西藏王统记》，刘立千译注，西藏人民出版社 1985 年版，第 77 页。

成公主的形象也是颇为高大且充满神圣性的。在《文成公主》剧中参加演出的群众演员几乎全部为藏族，在每一季度的排练过程之中，群演们最常讨论的话题就是，这个演文成公主的演员是谁？为什么是她来演，她有什么能量能够饰演这样的角色。在藏传佛教的体系中，文成公主是度母的化身，其本身具有的神圣性使得这个角色的扮演者同样受到了不一样的关注。

因为对于藏民来说，文成公主不仅仅是历史的，还是宗教的。在布达拉宫顶层的法王洞内，供奉着大唐文成公主的一尊雕像。而藏民一致认为文成公主是西藏护法神白度母的化身（亦有史料认为是绿度母的化身），所以在布达拉宫的无量寿佛殿里的白度母塑像与红宫六层法王洞文成公主的雕像十分相像。在藏民们眼中，文成公主作为度母的化身，能解救万民苍生。所以，对于这样一位女性的扮演者是十分关注的。因为在藏民心中，这不是一个关乎演技的问题，而是一个关乎信仰的问题。

在访谈的过程中，许多受访者对于文成公主被褪去了神圣性的外衣，由神圣走向人间这一点持批评态度。例如，在与西藏大学教师贡嘎群培探讨文成公主的神圣性问题时，她曾提道："文成公主在布宫里面是有雕像的，度母就是汉族的观世音菩萨，是解救众生苦难的。在这个剧中这些内容都是没有的。"[①] 关于神圣性的问题还出现在松赞干布的角色塑造上。在剧中，松赞干布同文成公主一样，成为历史中的人物形象，同样从神圣的高原之神走向了人间的赞普。

人性，就是人的本质属性。《辞海》中将其解释为：人所具有的正常的感情和理性。杨敬年在他的《人性谈》中曾提道："人性就是人人具有的与

---

① 2016 年 8 月 29 日，笔者于八廓街对西藏大学老师贡嘎群培进行访谈。

生俱来的本质属性，是不学而能的。”[①] 这里所提到的人性包括人类最为常见的喜怒哀乐、悲欢离合，除了常常被歌颂的真善美，当然也包括假恶丑，亦包括人类所共有的一些情感。在《文成公主》剧中，文成公主会因为离开家乡而产生思念之情，这是人类所共有的情感。有一部分观众在观看之后觉得，文成公主发生思乡之情是将高高在上的公主塑造成了一个“小女儿”的形象，与心中预期的伟大女性形象不符。同时也有一些人认为，成为一位被后世广为流传的女性英雄是需要过程的，而这所有的磨砺与困苦都是促成日后文成公主成就大业的基石。对此，导演白茇也认为：“文成公主的成长是需要一个过程的，在这个过程中有许多会有一些困难，只有经历了这些困难，人才能变得成熟。”至此，文成公主的形象没有遮蔽人性的弱点与脆弱，而是选择用人性的坚强与勇敢来面对困难，逐步走向成熟。

对此笔者认为，在剧中文成公主抛弃了遥远的神性，以颇具生命力的人性成为鲜活的、芸芸众生中的一个，在她的身上我们似乎可以看到自己的影子。从艺术创作的角度来说，形象的塑造成递进状，并无不可。但是从更为宏大的民族文化关怀的角度来进行思考，《文成公主》剧对于神圣性方面的考虑似乎还不够完善。创作的主观本位主义思考模式使得作品本身缺乏对于他者的文化关怀。这一点对民族艺术的创作来说是需要警醒的。

二、真相与幻象的生成

关于本真性问题的研究主要从客观主义、建构主义、后现代主义和存在

---

① 杨敬年:《人性谈》，南开大学出版社 1998 年版，第 48 页。

主义几个方面来进行思考，而近代的国外学者对于本真性的探讨和分析更愿意从观众的观感来着手进行研究。

艺术作品的创作过程可以被看作一个“经过复杂编码的文本”[①]，而在编码的过程中，创作者有意无意地会将一些内容加以修整以求更加适合剧本的需要。《文成公主》剧在编码的过程中对文本的内容进行了一定的修改。就《文成公主》剧的内容与主题来说，也存在许多批评的声音。

第一，关于文成公主的伟大历史功绩没有较为全面的概括和表述，而仅仅将情节设置在进藏之路上，从作品的内容上来说，过于狭窄，与史诗剧《文成公主》的名称不符。例如，一位名为“风在高原”的博主在看过作品之后，认为《文成公主》剧的内容存在硬伤：

> 偏离主题，没有体现重点。文成公主的伟大并不仅仅体现在就和亲上，而是主要体现在为汉藏和睦、文化交流及帮助西藏发展经济社会文化等方面作出的巨大贡献上。既称《文成公主》，那就该反映文成公主的主要人生经历及贡献，至少应分为几幕剧，如入藏征程、援藏功绩、后人赞颂等。但《文成公主》一剧仅仅体现了文成公主入藏过程，没有反映文成公主一生的主要片断和整个精彩人生，因此此剧充其量只能称《文成公主入藏》。[②]

---

① ［苏联］Ю.М. 洛特曼：《艺术文本的结构》，王坤译，中山大学出版社 2003 年版，第 84 页。

② 风在高原：《揭西藏大型实景剧〈文成公主〉的三大硬伤》，2013 年 9 月 24 日，新浪博客（http://blog.sina.com.cn/s/blog_4cb1d59c0102epp5.html）。

无独有偶，在2016年9月14日的演出结束后，在对群演进行的一段访谈中，提到了同样的问题。

> 我们之前对这个《文成公主》剧做过一个节目，9月末拉萨电视台的节目就会播出了。之前对于这个剧情，其实有不少的异议，也有很多人提过这个意见。这个作品叫《文成公主》，但是对于她的历史功绩其实是空白的，没有表述，内容比较空洞。关于公主到了这边之后的内容没写，这一点是比较严重的问题。[①]

第二，史料应用与历史上的真实时间出现了偏差。主要表现在两个方面，一是布达拉宫修建的时间与剧中所说内容不符。布达拉宫应该是文成公主与松赞干布结婚之后修建，而不是在公主到达逻些城以前就修建好了的；二是关于佛教进入藏区的时间与作品中的表达之间有所偏差。

> 用史有误，细节不够严谨。《文成公主》作为历史剧，应该尊重历史。但编导却煞费苦心地将一些历史进行了强行嫁接，导致一些细节历史态度不够严谨。如藏传佛教是西藏文化的典型代表，但文成公主入藏时期，藏传佛教尚未真正兴起，苯教还占主导地位，但剧中出现了大批喇嘛欢迎文成公主的场面；布达拉宫、大昭寺、小昭寺等建筑都是文成公主到了吐蕃之后才兴建的，但在剧中，这些建筑都已经

① 2016年9月14日，笔者于《文成公主》剧场对群演进行访谈。

存在，并在布达拉宫举行婚礼，这与史实出入较大。①

另一位观众观看之后也持相同观点，认为："布达拉宫修建的时间跟剧里面演的不一样，应该是文成公主到了之后才建的，这里面写的是那边一出发，这边就开始动工了，这是不对的。"②

第三，认为文成公主的形象与心中预期有所偏差，而持这一观点的只是少数观众。例如："这个剧是挺震撼的，但是里面有个剧情我觉得不太喜欢，就是文成公主梦里跟松赞干布幽会的那段。我觉得文成公主应该是那种很有担当的女性，这种情情爱爱的内容，还有幽会时她这个形象，不太高大，变成了小女人，需要人保护，渴望爱情，我还是觉得跟这个高大的形象不匹配。"③

以上的三方面问题都涉及了一个经常被提起的概念，即本真性。根据上述问题来看，《文成公主》剧的本真性问题主要涉及两个层面：一是对于作品中所传递的历史信息的怀疑，二是观众对于形象的塑造与心理预期的差异。

但是，笔者认为，《文成公主》剧的情况不仅如此。首先，在田野调查的过程中，通过对舞台呈现与观众反馈这两方面综合来看，前文中所认为的"历史篡改"现象还有一种是基于符号性的构建，或者文化符号的累积。《文成公主》剧的整个空间地域性的流动表现出了"两点一线"的特征，大唐长安与吐蕃逻些为两个点，而进藏之路则是连接两点之间的一条线。在第二章

① 2016 年 9 月 9 日，笔者于回程的出租车上对观众进行访谈。

② 2016 年 8 月 31 日，笔者于《文成公主》剧场对观众进行访谈。

③ 2016 年 10 月 3 日，笔者通过电话对曾观看过《文》剧的舞蹈教师进行访谈。

中曾经讨论过关于进藏之路的主题体现为一种文化之间的交流与过渡，而文化的互渗或濡化是一种“润物细无声”的存在，体现为一种长期的、地域性的过渡，而这个过渡就是“进藏之路”。因此，在剧中大明宫与布达拉宫两个实体建筑作为两种政治权力的象征而同时存在，前者作为大唐的符号性标识涵盖了地域——长安、民族——汉族、文化——唐文化等符号性意义；而后者作为吐蕃的符号性标识涵盖了地域——逻些、民族——藏族、文化——藏文化等符号性意义。与此同时，二者之间又存在着中央与地方的权力关系，而这种关系的直接表现即为以公主和亲远嫁为纽带的从属关系的确立，具有着十分重要的象征意义。如果将布达拉宫的布景抹去，那么大唐与吐蕃之间的一种政治之间的互动与平衡的关系将被打破，从而无法构成全剧所体现的一种民族团结协调感。也正因如此，修建布达拉宫的时间由精确变得模糊了，因为布达拉宫作为一种符号需要在合适的时间出现。

笔者认为，历史的“真”与艺术的“真”是存在些许误差的，因为二者分属两个不同的层面。“真”是一个相对的概念，相对于“假”而言，“真”似乎更接近于事物的本来面貌，就历史本身来说，言之凿凿的史书本身已有其记录者的主观因素存在，而不能算是绝对的真实。那么，当历史与艺术联姻之后，情况更是如此。这是艺术在创作之中被允许的一点“创作空间”，但是这种“空间”的度是比较难把握的。

艺术本身是一个生产与创造符号意义的过程，舞台艺术亦是如此。当艺术家字斟句酌去探讨极为精细化的时间与历史的时候，艺术作品以它强悍的气场操控着用符号累积而成的幻想，来塑造着观众的思维体系。

第二节 如何表述文化差异

舞台艺术的魅力在于为观众营造了一个虚拟的幻想空间，在这个看似与世隔绝的空间环境中，演员、导演、工作人员以及观众共同构成了一个可以被切割的区隔，而形成了艺术场域。在这里，虚拟的现实并非真正的现实，而是一种经过艺术处理的、显露出来的、幻想中的世界。在这个世界中人们将自己对于边疆与民族的想象以具象化的形式得以展示。

一、西藏想象的符号选择

无论是当时的吐蕃还是现在的西藏，对于这块神秘境地的幻想似乎从未停止过。首先，令人畏惧的海拔高度、严酷苦寒的高原气候以及艰险的入藏路途，使得这里成为几乎不可接近的地理空间。然而，独特的风景和与世隔绝的人文环境时刻向外界展示着她的与众不同。其次，这种地理上的距离感与文化上的差异感使人们的向往如欲念一般投射于心理之上，于是，一个个关于雪域的想象空间便产生了。在这个想象空间中，事实和臆想、梦幻和欲望互相交织，“西藏”亦被这些想象再造，它不仅意味着一个现实存在的地理名词，一个族群，一种文化形态，而且更是审美、梦想和社会心理的承载物。

对于西藏的想象从来没有停止，在舞台艺术作品的创作方面幻想依旧存在。例如电影藏族舞剧《卓瓦桑姆》(1984年)、藏族舞剧《红河谷》、藏族舞剧《尘埃落定》(2006年，香港)、藏族舞剧《仓央嘉措》、藏族史诗舞剧《英雄格萨尔》、藏族现代舞剧《香巴拉》、藏族舞剧《文成公主》，等等。这些作品对于西藏都有着不同的理解和审美表述，如在《卓瓦桑姆》的“狩猎”的舞段中留有非常浓厚的“学院派”味道。“小鹿”的表演者们不停地进行着技术技巧的展示，包括云里前桥、侧空翻、上步旋转等，甚至在舞姿上出现了芭蕾舞的 Pas jete（双起单落跳）、Grand rond de jembe jete（大的撩腿），等等。然而，在荷花仙子的表演中，无论是在服装造型还是舞段设计上，编导都选择了一种极具古典舞审美趋向的风格，但同时夹杂着藏族舞蹈的步伐与身体动律。显然在编导的心中，“神仙”化的人物形象还是以汉族古典小说中的形象为基准的。整个作品从服装到音乐，从舞美到动作，呈现出了一种西方、中国古典、藏民族相互杂糅的审美态势。

然而，近期的几部作品情况却完全不同。如藏族舞剧《仓央嘉措》与《香巴拉》二者选取的题材均为藏文化中极具代表性的内容。前者以六世达赖仓央嘉措的短暂人生为故事主线，讲述了被誉为“一代情僧”的仓央嘉措对于凡世的向往与内心的寂寞和挣扎；而后者则以藏传佛教中的坛城沙画为舞台布景构筑了幻想中的世界——香巴拉。二者的舞段设计较之《卓瓦桑姆》时期的舞剧来说，较为注意民族性的体现，但是，在强调民族性的同时却常常呈现出一种现代舞的味道。前者将藏族舞蹈的动律与现代舞技术相结合，虽然在努力地保持着藏族舞蹈的元素动律，但是整体动作的连接与力量转换完全是现代舞的；后者从坛城沙画的制作到结尾时对沙画的“破坏”，力求实现一种动律节奏上的突破，被编导称之为身体的“后现代解构”。舞剧《英雄格萨尔》与舞剧《文成公主》以格萨尔与文成公主两位藏族历史上的英雄人物为故事主线，赋予格萨尔与文成公主一种“民族英雄”式的形象。两部舞剧基本抛弃了古典、现代等元素，运用了一种朴素的、“民族”的方式来进行表达。从这个关于藏族题材的舞剧发展历程中似乎可以看出，艺术家们对于民族文化的探索是一种趋于“本真”形式的探索，从早期的杂糅、借鉴西方、主位思考等到中期的传统与现代的对弈、身体与文化元素的解构与重组到目前对民族舞蹈艺术的创作都保留有一种民族性的思考。

笔者认为，在音乐剧《文成公主》与本文的研究对象史诗剧《文成公主》中，民族文化元素的呈现是一种选择与被选择的关系。文化元素被选择的原因是其本身的差异性特征，在这个过程中，非物质文化遗产的加入为作品对文化元素的选择做出了一种看似“客观”的评判标准。在作品的宣传片中，非物质文化遗产也成为一项看点，在影片的宣传词中，“数十项非遗项目的展示”成为作品质量过硬的一种隐性条件，其内在逻辑在于，非遗几乎等同于民族特色，而民族特色似乎可以满足大部分前来观看的观众的心理预期。

当文化元素的选择不是因为剧情需要，而是因为其本身的独特性与满足观众的“猎奇”心理的时候，观众的“看”与作品的“被看”之间则产生了一种权力关系。在剧场的场域中，导演作为幕后的操控者，对作品所呈现的内容与文化元素进行了有意识的、主动的组合与拼贴，这个过程就是贝尔所说的“有意味的形式”。而这个组合的未知的、神秘的法则在囊括作品剧情的需要以外，还包括了“吸睛”的目的。在导演与演员的长期磨合中，演员充分掌握了导演所要求的技能，能够很好地进行舞台表达，而后所呈现的艺术作品与观众之间形成了“看”与“被看”的关系。“看”与“被看”形成了一种互动，观众有权利对表演进行评价，而演员的卖力演出成为一种获取经济收益的工作。但是，观众所看到的内容仅仅是导演期待和希望观众看到的东西而已，即文化元素的原生语境在艺术作品中是被有意遮蔽的。

二、符号差异产生的民族性

2017 年 9 月 8 日，《文成公主》剧应邀亮相美国纽约时代广场，在这段仅有 30 秒的宣传片中，出现了布达拉宫、打阿嘎、囊玛、谐钦、山南果卓、藏戏等文化元素。宣传片的内容极为紧凑，遮蔽了叙事性的特征，将文成公主的故事情节删除，以识别度极高的藏文化元素布满整个画面。这一点与国内的宣传版本有很大的差异。此前的宣传片保留了文成公主进藏之路的篇章结构，整体思路以情节为主。对于美版宣传片的剪辑，除了时长受限的原因以外，对于文化元素的选择是一个值得讨论的话题。宣传片以文成公主的背影为开篇，渲染了一种“离别”的整体氛围，而后这种氛围一闪而过，镜头直接落在了布达拉宫上。对于西藏来说，布达拉宫是标志性的存在。布达拉宫以红白两色为主色调，其本身就是当时政教合一制度的象征，同时也是藏族文明的集中体现，具有宗教、政治、历史与文化等综合的象征意义。而今，布达拉宫作为拉萨旅游，甚至是西藏旅游的必去景点，早已成为西藏地区的文化名片。宣传片以布达拉宫作为标志性场景，具有很强的代入感，将观众的视线瞬间进行地理定位，落在了这片雪域高原。

《文成公主》剧并不是第一部走出国门的舞台作品，也并非第一个走进国际视野的实景剧，还有杨丽萍的《云南映象》、高艳津子的《三更雨·愿》、舞剧《孔子》、话剧《茶馆》、歌剧《霸王别姬》和《骆驼祥子》，等等。随着我国国际地位的不断提升与经济文化的发展，艺术作品出国巡演作为一种国家软实力的象征、一种文化输出的实践，已成为常态。鲁迅先生在《且介亭杂文》中说："只有民族的，才是世界的。"这些出国巡演的作品无一例外，其本身均具有一定的民族文化气质，不论是作品的题材、内容、形式还是某种民族文化元素的汲取。对于民族性的体现与表达，每部作品似乎都有着不一样的理解与诠释。例如高艳津子的《三更雨·愿》在出国巡演之前进行了一次调整，对内容做了改动，有意思的是对于作品本身的舞段并没有大幅调整，反而是对舞者的服装和舞美设计做了一种"民族性"的彰显。服装设计师将所有舞者的服装上以"中国红"的色彩进行了重新装饰。在这里，民族性与中国特色成为同义词。另外一个例子是舞剧《云南映象》。《云南映象》虽然是舞台作品，但是宣传片的呈现选择以云南特有的红土地为背景，在阳光的照耀下，舞者们身着民族服饰，集体起舞的动律朴素而铿锵。在这里，民族性与原生态之间建立了联系，具有了极为相似的内涵。从杨丽萍的《云南映象》与张艺谋的《印象·刘三姐》问世以来，一个新的文化名词——"原生态"流传于各种媒体之间。原生态可以被定义为"没有被特殊雕琢，存在于民间原始的、散发着乡土气息的表演形态"[①]。从出现到现

① 靖桥、盖海红：《原生态与善本再造——论"非遗"文化的传承保护与发展》，《河北学刊》2011年第2期。

在，原生态似乎成为一个大众想象的词汇，在这一生产中可以发现，原生态是一种大众的文化符号，代表了那些遥远的，甚至是被遗忘的文化。“原生态”的概念不同于“原始”的概念。后者经常被赋予“野蛮的”“未开发的”，与文明相对立的含义；而前者则不同，通常被认为具有“自然”“本真”等含义。但自原生态出现以来，始终是争议不断。原生态究竟是一种文化态势还是一种创作方式，抑或是其他？甚至有许多学者认为，原生态是一种商业的炒作方式，是一种噱头。例如，有学者认为：“‘原生态’一词隐含着某种未经改变的、原封未动的意味，而文化展演最多只是抽取生活的片段并加组装，无论多么接近，它都不能复制真实，所以，‘原生态’也就不可能真正存在。”[①] 从上述的内容来看，原生态似乎是指一种精神上的想象，是一种对于异文化的好奇与期待，它所代表的不仅仅是艺术作品的审美特色，更是社会对于民族文化价值认定的态度转变。

再如前文中所提到的，在《文成公主》剧的创作中对民族文化元素的选取与利用，事实上是在某种程度上对所谓的“原生态”民族文化的一种“模塑”，而所谓的文化创新或艺术创新实质上是推动传统文化产生变迁的一种助力。例如，在舞蹈的教学与传承过程中就出现了许多变化，或者说“误传”。北京舞蹈学院的维吾尔族舞蹈中有双手绕脸的动作，堪称维吾尔族舞蹈极具代表性的经典动作，并将其命名为“猫洗脸”，意为模仿猫在洗脸的过程。但是新疆艺术学院对此表示出了极大的困惑，维吾尔族的动作中从来没有一个动作叫作“猫洗脸”，而关于这个双手绕脸的动作，维吾尔族的舞

① 张海超、卢成仁：《舞台展演与文化存续——以〈云南映象〉为个案的探讨》，《云南社会科学》2006 年第 6 期。

蹈家对其进行了全新的解释："这是在古代的时候，新疆这里是古代丝绸之路，有许多的客商，维吾尔族的姑娘喜欢戴很多的首饰，像耳环什么的，这个动作是向他人展示自己的美貌与财富，并不是什么模仿猫洗脸。"[①] 由此可见，同样的动作在流传的过程中，其背后的文化意义与内涵随着不同人的理解与解读，发生了翻天覆地的变化。再如，我国专业院校对于藏族舞蹈的学习通常将其归纳为"右、顺、曲、颤"的动律特征与"塌腰撅屁股"的基本体态特征，但是拉萨的囊玛舞的上身是直立的，要体现一种端庄的气质；阿里的腰也是直立的，并且下身没有所谓的曲、颤动律特征；等等。这些内容与总结的动律特征和基本体态是完全不相干的。这一点还体现在具体的作品当中。20 世纪 90 年代，张继刚的作品《母亲》以上身前屈和含胸的基本体态塑造了一位藏族母亲的形象，而 2000 年以后，作品《溜溜的康定溜溜的情》则以上身后倾式体态表现了康区少女的活泼与热情。

笔者认为，民族内部的文化多样性呈现始终是民族学所探讨的议题之一，在民族艺术作品的表达中，对于民族文化元素的选择与抛弃是有着极为复杂的原因的，这与文化元素本身的独特性相关，同时也与导演自身的文化素养与经历密切相关。例如《文成公主》剧的导演白芨虽然是藏族舞者，但是其本身毕业于北京舞蹈学院，经历过极为专业的舞蹈知识训练，所以，在《文成公主》剧的舞段队形调度和编排上体现出了极强的"专业性"。在艺术作品中，民族文化元素在被拆分—拼贴—重组的过程中经历着所谓的文化模塑与文化变迁，而艺术作品的流传正是这种现象背后的隐秘助力，起到了推

---

① 塔来提 · 吐尔地：《现时维吾尔族民间舞教学中舞蹈文化特异性之传承》，中央民族大学民族舞蹈教育教学研讨会，北京，2016 年 1 月。

波助澜的作用。

民族文化艺术的本质应该以多元化发展为目标。关于多元化、多样性的问题是民族文化艺术长期以来探讨的又一核心议题。从数量的累积、投资的庞大、地理位置的丰富等来看似乎意味着这个产业的无限繁荣，而繁荣似乎又意味着多样性的诞生与多元化的共生。对于民族文化艺术来说，繁荣不代表多元化、数量多不代表多元化、文化元素更不代表多元化。多元化的内涵只被简单地理解为文化产业的繁荣和数量的积累。对于今天的民族文化艺术产品来说，多元化还是一句空口号。民族文化艺术产品从形式、内容、设计等方面来说，还没有突破模式化的界限，走向多元化发展的轨道。

《文成公主》剧的创作以文成公主的相关史料和传说、故事为文本，将文成公主塑造成了一位远嫁他乡、坚强勇敢的伟大女性形象。但是在艺术创作的过程中，符号性的内容萃取与象征意义的构建使得文成公主的形象具有了符号性的意义。民族文化符号的堆砌使得整个作品呈现一种“藏文化的味道”。《文成公主》剧作为一部以藏文化为核心的史诗剧成为一个由文化符号构建的艺术场，在这个场域中，导演、演员与观众合力构成了一个相对独立的虚幻空间，通过对民族文化符号的加工、整合、输出与接受，达到了文化传播与思想传递的目的。当《文成公主》剧的艺术场域得以构建，作品本身则具有了超越符号本身意义的意义。《文成公主》剧作为一种符号的结构化系统，其本身的意义超越了文化的壁垒，将内容无限放大，从而具有了民族团结的象征意义。

第三节　如何面对市场化困境

民族旅游演艺产品作为旅游业与演艺产业相结合的产物，兼具经济价值与文化价值的双重属性。旅游演艺产品对民族文化的挖掘和淬炼本身就是文化再生产的过程，在这个过程中，民族特性被固定化、异化、标签化，从而形成了独具特色的民族“文化标签”，成为某一文化体系的表征。那么，在市场化的环境中，民族文化如何维持自身的独特性是本小节主要讨论的问题。

一、艺术创作与市场化的博弈

对艺术创作与市场化之间的关系探讨由来已久。无论是帕尔纳斯派的前驱泰奥菲尔 · 戈蒂耶所倡导的“为艺术而艺术”，还是让 · 鲍德里亚认为的“当代艺术彻底沦为空洞的艺术”，抑或是苏珊 · 朗格提出的“艺术是情感的符号”等理论观点，艺术创作与市场化之间的关系问题始终是学者们探讨的焦点。二者之间的关系主要表现为两种态度的对立：一是艺术成为商品流入市场，在体现自身价值的同时也被市场影响。消费社会的市场需求与大众审美标准对艺术品的创作与生产产生了极大的引导作用。因此，部分艺术家认为，艺术一旦具有了消费品的属性，则很难维持自身的特性，势必会陷入批量生产的尴尬境地，其艺术特性终将被产业流水线消磨殆尽，从而失去艺术生命力。二是艺术只存活于原生的文化语境之中，而拒绝与消费社会接轨。那么在经济不断全球化的过程中，艺术也很难保持自身的文化特质，以至必须依靠政府的支持来维系自身的活力。

对此，笔者认为：一方面，艺术可以被视为一种流通于艺术市场的作品集合。在这种情况下，艺术完全可以放在艺术市场的语境中加以解读，而每一件艺术作品则兼具双重"身份"——经济价值与艺术价值。例如，《文成公主》剧作为文化产业与旅游产业的共生体，其产生是边疆文化产业发展的迫切需要，同时也是民族地区内部文化输出、意义输出的重要口径。文化产业赋予《文成公主》剧以等值的价格，而民族文化的输出与民族团结精神的弘扬则赋予《文成公主》剧以符号象征的意义。另一方面，当艺术作品以更为"接地气"的方式不断地向公共活动靠拢，吸引着更多既无欣赏品位也无消费能力的普通大众时，它的身份貌似由一种经济与艺术的合体转而变为更加"纯粹"和本真的状态。但这也意味着艺术作品或艺术活动需要更多的、来自各方面的资金上的支持。

二、民族艺术的"根"与"票"

在市场经济的大背景下，民族艺术生存的独立性受到威胁，尤其是国家倡导体制改革之后。当艺术进入市场，成为艺术品进而在市场中流通时，其竞争压力是接踵而至的，同时也是不可避免的。此时，艺术的创作主体由艺术家转为大众审美趋向，艺术的独创性被批量化生产与“复制模式”带来的丰厚利润逐步取代。

艺术品的产生是一个生长的过程。艺术品就像是生长在艺术之树上的果子，经过雨露的滋润发芽、开花、结果。艺术品只有被砸碎、打破之后回归土壤，得以孕育才能重生。而后，新的艺术周期又开始了。山水实景演出也是一样的，早期的演艺形式被包裹在厚厚的墙壁里。剧场式的演出模式几乎是表演艺术的唯一模式，是不可突破的。所有的室外演出被看作“不入流的”，甚至是“野班子”。直到有一天，绚丽多姿的舞台美术无论如何也无法满足创作者的想象力，艺术家寄情山水的灵感被点燃，于是开始琢磨着如何让艺术“走在山水间”。终于，《印象 · 刘三姐》诞生了。起初，实景演出多出现于极具民族特色的地区，如广西、云南等地，以极为丰富的民族文化为依托，通过艺术化的处理及“原生态”包装，加之自然山水风光的映衬，以一种全新的手段与视觉景观震撼着观众的视觉神经与感官体验。经过了近十年的发展与衍变，而今遍地而起的实景剧充斥着人们的视野。印象系列、千古情系列，加之林林总总的商业演出。他们打着原生态的大旗，吼着视觉盛宴的口号，向观众们兜售着包装之后的民族文化，从而获取利润。在这样的一种关系中，民族文化的意义是什么，民族艺术的“根”在哪里，似乎很少有人问津。

（一）民族艺术的“根”

《淮南子 · 原道训》中载：“万物有所生，而独知守其根。”“根”为万物之基础、万事之本质。对于民族艺术来说，“根”体现为一种更为深层的民族文化精髓。

《文成公主》剧中的旋律优美动人，歌词朗朗上口。在发放的100多份调查问卷中，有74%以上的观众认为，除了人工降雪等特定场景以外，最为难忘的就是剧中的歌声。但是，从唱腔上来看，《文成公主》剧的唱法属于民族唱法与通俗唱法相结合。这种情况与舞蹈创作中所表现出来的民族舞蹈的元素、现代舞的技法的情况如出一辙。

同样，民族题材的其他舞台艺术作品也面临着相似的问题与困境。例如，2011年，在辽宁中华剧场上演了一部锡伯族乐舞剧《遥远的察布查尔》，作品以清代锡伯族同胞西迁戍边为主题，描述了锡伯族人们历尽艰险，徒步从盛京走到新疆察布查尔，与新疆各民族一起保卫边疆、建设边疆的历史。作品的内容因为故事本身的张力和可塑性而十分吸引人，但是整个作品的舞蹈的动律和编排几乎是现代舞与古典舞杂糅的产物，缺乏民族特色，尤其是锡伯族特色。甚至可以说它是用舞蹈的形式来表达感情、推动故事情节的发展，其中家国大义的感情是人们所共有的，故事情节是锡伯族历史的，而舞蹈却是现当代的。这样一来，整个作品出现了所谓的“两层皮”现象，即民族的内容与现代的形式相结合。在舞台艺术作品中，这种情况是越来越常见。例如舞剧《香巴拉》《仓央嘉措》均是以藏文化元素为内容、以现代舞的编排技法和构图来进行表达。这种表达方式多以“后现代的解构”为核心理念，区隔了文化本体与民族文化语境之间密不可分的关系。由此，产生了一个根本性的问题——民族文化对于舞台艺术作品的创作来说是符号性的借鉴还是本体性的表现。而今，大部分的艺术作品均属于前者。

基于民族文化的艺术作品本身应该具有浓郁的民族文化特色，这不仅仅表现在文化的差异性方面，更是一种基于民族文化的集体认同。如何使艺术作品产生一种共识性的集体认同感是十分重要的。从民族学的视角来看，文化产业所生产出来的文化产品应该是一个文化共同体内部，集体的记忆所确认的，应该具有一个被认同的过程。[①] 这种认同不仅仅基于服装、道具、场景设计等显性的文化符号，更应该是源自精细化的动律、唱法、旋律、内涵以及深刻的民族文化关怀。

民族艺术根植于最质朴的民族文化生活，艺术作品取之于大众的日常生活，而又不同于日常生活。例如《文成公主》剧中充斥着大量的藏文化元素如藏语、藏文、煨桑仪式、果卓、火塘、服饰、藏式建筑、牛皮船、打阿嘎、藏戏、囊玛、甲谐、牧歌、经幡、诵经调、喇嘛、青稞，等等。实景剧的一个基本的创作理念就是求“真”，而这种“真”如前文中所探讨的，是一种有别于客观事实的“真”。导演用尽全力，力求在舞台上恢复特定时期藏民的日常生活。然而，舞台艺术就是舞台艺术，尽管舞台上的藏族演员们以极度的热情来演绎着各自的“日常生活”，但这并不是日常生活。

（二）民族艺术的“票”

产业化的核心作业是批量化生产，将民族文化以艺术化的方式进行重复劳动而生产出来的是艺术品，即艺术的商品化。艺术的产业化与商品化问题是近年来较为热门的讨论话题之一。艺术是否可以产业化、产业化是否是代表了艺术发展的一种路径选择，这是目前最为常见的问题。对于前者，答案当然是肯定的。但是艺术品与普通商品相比较，其文化内核与属性是全然不

---

① 参见陈庆德、郑宇、潘春梅《民族文化产业论纲》，人民出版社 2014 年版，第 36—40 页。

同的。艺术品除了要具备商品所具有的一般属性即使用价值以外，本身具有社会效益、审美效益、文化效益和经济效益以及一定的价值与意义，这是其他商品所不具备的。对于后者来说，在市场经济的大背景下，艺术生存的独立性受到威胁，尤其是国家倡导体制改革之后，当艺术进入市场，成为艺术品进而在市场中流通时，其竞争压力是接踵而至的，同时也是不可避免的。此时，艺术的创作主体由艺术家转为大众审美趋向。

对于以旅游业为依托的舞台艺术作品来说，票房是一个不容忽视的关键所在。如何在众多的舞台艺术作品中脱颖而出，博得观众的喝彩，是作品不得不考虑的关键问题。因为在市场经济的环境中，票房决定了一切。

笔者认为，文化产业对于民族文化来说，具有双重意义。一方面，从文化输出的角度来看，文化的产业化发展对于民族文化的推广、宣传，甚至是保护和传承都具有一定的功能性。并且，在经济发展的态势下，民族文化资源通过资本化的转化与输出，其本身的价值也具有不一样的意义。另一方面，产业化发展是工业化进程的阶段，产业化意味着大规模地批量生产，从而进入市场。那么，对于民族文化来说，必定会遭遇市场竞争的洗礼。在利润的驱使下，民族文化似乎会进入一种较为尴尬的境地，一方面要适应市场的需求对自身的特质加以改善，以一种更为“接地气”的形象出现，从而在市场优胜劣汰的竞争中能够取得广泛群众的支持，获得一定的市场。另一方面则要努力放大和寻找自身的差异性，从而自我标签化，模塑民族文化的形象，在构建符号象征意义的同时窥视着市场经济下的优胜劣汰。二者无一不是在以更为普遍的审美观来决定自身的发展方向。

对于民族艺术来说，失去了原有的文化语境，其本身的意义同样在发生着变化。原本是作为节日庆典才会表演的藏戏，在节日的气氛烘托下，会产生一种隆重的仪式感，每一个道具、服装的穿戴都承载一定的文化意义，但是作为每天都会上演的演出，这种仪式感被日复一日地重复，行为中的意义逐渐缺失与磨灭。也正因如此，无论市场经济怎样发展，艺术这种特殊的精神产品，总是无法全部纳入商品经济的运行轨道。

参考文献

一、著作

[1][苏联]米·尼·凯德洛夫:《斯坦尼斯拉夫斯基全集》(第二卷),林陵、史敏徒译,中国电影出版社1959年版。

[2][美]苏珊·朗格:《艺术问题》,腾守尧、朱疆源译,中国社会科学出版社1983年版。

[3][英]克莱尔·贝尔:《艺术》,周金环、马钟元译,中国文联出版公司1984年版。

[4]索南坚赞:《西藏王统记》,刘立千译注,西藏人民出版社1985年版。

[5][美]苏珊·朗格:《情感与形式》,刘大基、傅志强、周发祥译,中国社会科学出版社1986年版。

[6][法]列维-斯特劳斯:《野性的思维》,李幼蒸译,商务印书馆1987年版。

[7]巴卧·祖拉陈哇:《贤者喜宴》摘译(三),黄颢译,中国社会科学院民族研究所,1989年。

[8]王庆仁、索文清编:《吴文藻人类学社会学研究文集》,民族出版社1990年版。

[9][法]皮埃尔·布尔迪厄:《文化资本与社会炼金术——布尔迪厄访谈录》,包亚明译,上海人民出版社1997年版。

[10] [美] 乔治·E. 马尔库斯、米开尔·M.J. 费彻尔：《作为文化批评的人类学：一个人文学科的实验时代》，王铭铭等译，生活·读书·新知三联书店 1998 年版。
[11] 宋蜀华、白振声主编：《民族学理论与方法》，中央民族大学出版社 1998 年版。
[12] 杨敬年：《人性谈》，南开大学出版社 1998 年版。
[13] [英] 迈克·费瑟斯通：《消费文化与后现代主义》，刘精明译，译林出版社 2000 年版。
[14] [法] 让·波德里亚：《消费社会》，刘成富、全志钢译，南京大学出版社 2000 年版。
[15] [英] 埃文斯-普里查德：《努尔人：对尼罗河畔一个人群的生活方式和政治制度的描述》，褚建芳等译，华夏出版社 2002 年版。
[16] [美] 托马斯·库恩：《科学革命的结构》，金吾伦、胡新和译，北京大学出版社 2003 年版。
[17] [苏联] Ю.М. 洛特曼：《艺术文本的结构》，王坤译，中山大学出版社 2003 年版。
[18] 黄淑娉、龚佩华：《文化人类学理论方法研究》，广东高等教育出版社 2004 年版。
[19] [英] 克莱夫·贝尔：《艺术》，薛华译，江苏教育出版社 2005 年版。
[20] [法] 葛兰言：《古代中国的节庆与歌谣》，赵丙祥、张宏明译，广西师范大学出版社 2005 年版。
[21] 李泽厚：《实用理性与乐感文化》，生活·读书·新知三联书店 2005 年版。
[22] 王铭铭：《西方人类学思潮十讲》，广西师范大学出版社 2005 年版。
[23] 胡鸿保主编：《中国人类学史》，中国人民大学出版社 2006 年版。
[24] 胡慧林：《文化产业学》，高等教育出版社 2006 年版。
[25] [美] 詹姆斯·克利福德、乔治·E. 马库斯编：《写文化：民族志的诗学与政治学》，高丙中、吴晓黎、李霞等译，商务印书馆 2006 年版。

[26] 中共中央马克思恩格斯列宁斯大林著作编译局编译:《马克思恩格斯全集》, 人民出版社 2006 年版。
[27] [英] 艾伦 · 巴纳德:《人类学历史与理论》, 王建民、刘源、许丹等译, 华夏出版社 2006 年版。
[28] [英] 维克多 · 特纳:《象征之林——恩登布人仪式散论》, 赵玉燕、欧阳敏、徐洪峰译, 商务印书馆 2006 年版。
[29] 张海洋:《中国的多元文化与中国人的认同》, 民族出版社 2006 年版。
[30] [英] 维克多 · 特纳:《戏剧、场景及隐喻: 人类社会的象征性行为》, 刘珩、石毅译, 民族出版社 2007 年版。
[31] 于平:《中外舞蹈思想概论》, 人民音乐出版社 2002 年版。
[32] 袁禾:《中国舞蹈意象概论》, 文化艺术出版社 2007 年版。
[33] [英] 罗伯特 · 莱顿:《艺术人类学》, 李冬晔、王红译, 广西师范大学出版社 2009 年版。
[34] 朴永光编著:《舞蹈文化概论》, 中央民族大学出版社 2009 年版。
[35] [美] 费鹤立:《中国少数民族舞蹈的采集、保护与传播——20 世纪 80 年代初期的一项社会人类学调研》, 何国强、许韶明译, 云南大学出版社 2010 年版。
[36] [英] 埃德蒙 · R. 利奇:《缅甸高地诸政治体系——对克钦社会结构的一项研究》, 杨春宇、周歆红译, 商务印书馆 2010 年版。
[37] 石裕祖主编:《民族舞蹈文化传承发展论纲》, 云南大学出版社 2010 年版。
[38] 韩毓海:《天下: 包纳四夷的中国》, 九州出版社 2011 年版。
[39] 吕艺生:《舞蹈美学》, 中央民族大学出版社 2011 年版。
[40] [法] 皮埃尔 · 布尔迪厄:《艺术的法则: 文学场的生成与结构》, 刘晖译, 中央编译出版社 2011 年版。
[41] 王铭铭:《人类学讲义稿》, 世界图书出版公司 2011 年版。
[42] 宗白华:《艺境》, 商务印书馆 2011 年版。

[43] [美] 埃莉诺 · 奥斯特罗姆:《公共事物的治理之道》，余逊达、陈旭东译，上海译文出版社 2012 年版。
[44] [加] 查尔斯 · 泰勒:《本真性的伦理》，程炼译，上海三联书店 2012 年版。
[45] [美] 弗朗西斯 · 福山:《政治秩序的起源：从前人类时代到法国大革命》，毛俊杰译，广西师范大学出版社 2012 年版。
[46] 林恩显:《中国古代和亲研究》，黑龙江教育出版社 2012 年版。
[47] [美] 罗伯特 · 芮德菲尔德:《农民社会与文化：人类学对文明的一种诠释》，王莹译，中国社会科学出版社 2013 年版。
[48] 杨卫武、徐薛艳、刘嫄:《旅游演艺的理论与实践》，中国旅游出版社 2013 年版。
[49] 陈庆德、郑宇、潘春梅:《民族文化产业论纲》，人民出版社 2014 年版。
[50] 李炎、陈曦主编:《世界文化产业发展概况》，云南大学出版社 2014 年版。
[51] 刘绍坚:《文化产业：国际经验与中国路径》，中国社会科学出版社 2014 年版。
[52] 王列生:《艺术生存与文艺人类学视野》，中国文联出版社 2014 年版。
[53] 张胜冰、徐向昱、马树华:《世界文化产业导论》，北京大学出版社 2014 年版。
[54] 雷兴长、刘文玉:《中国文化产品走向世界的战略对策研究》，经济科学出版社 2015 年版。
[55] 李季主编:《世界文化产业经典案例》，中国建筑工业出版社 2015 年版。
[56] 李荣启:《文化与艺术的多视角探索》，北京时代华文书局 2015 年版。
[57] 王希华:《西藏舞蹈与民俗》，西藏人民出版社 2015 年版。

二、古籍

[1] (战国) 吕不韦等:《吕氏春秋》，岳麓书社 2015 年版。

[2]（后晋）刘昫等：《旧唐书》，中华书局 1975 年版。
[3]（南朝）刘义庆撰、（梁）刘孝标注、王根林校点：《世说新语》，上海古籍出版社 2012 年版。
[4]（北宋）欧阳修、宋祁：《新唐书》，中华书局 1975 年版。
[5]（宋）王钦若等编纂、周勋初等校订：《册府元龟》，凤凰出版社 2006 年版。
[6]（清）王夫之等：《清诗话》，上海古籍出版社 1999 年版。

三、期刊论文

[1] 子元：《文成公主与汉藏友谊》，《民族研究》1960 年第 3 期。
[2] 潜明兹：《关于文成公主的传说》，《中国民族》1979 年第 1 期。
[3] 赤烈曲扎、蔡贤盛：《略谈吐蕃迁都的原因及松赞干布、文成公主的历史功绩》，《西藏民族学院学报（哲学社会科学版）》1981 年第 1 期。
[4] 林征宇：《六十年代以来的人类学理论》，《社会》1988 年第 12 期。
[5] 张云侠：《汉藏文化交流的使者——文成、金城公主》，《中国藏学》1988 年第 1 期。
[6] 韩日新：《谱写闪耀着时代色彩的宫廷女性赞歌——史剧〈武则天〉〈文成公主〉〈王昭君〉比较》，《烟台师范学院学报（哲学社会科学版）》1992 年第 3 期。
[7] 李英：《金钱崇拜与艺术生产——评一种崇尚金钱的艺术观》，《哲学研究》1995 年第 10 期。
[8] 施琳：《论文化——民族文化与市场文化》，《民族研究》1995 年第 1 期。
[9] 次多：《祈求福运升腾的象征物——经幡》，《西藏人文地理》1997 年第 3 期。
[10] 焦雪岱：《旅游文化与文化旅游》，《实践：思想理论版》1999 年第 11 期。
[11] 田美蓉、保继刚：《游客对歌舞旅游产品真实性评判研究——以西双版纳傣族

歌舞为例》,《桂林旅游高等专科学校学报》2005 年第 1 期。
[12] 周星:《关于“时间”的民俗与文化》,《西北民族研究》2005 年第 2 期。
[13] 张海超、卢成仁:《舞台展演与文化存续——以〈云南映象〉为个案的探讨》,《云南社会科学》2006 年第 6 期。
[14] 瞿明安:《论象征的基本特征》,《民族研究》2007 年第 5 期。
[15] 高芳:《国内游客观看民族歌舞的真实性体验研究——以〈云南映象〉为例》,《昆明大学学报》2008 年第 2 期。
[16] 李昕:《〈尼加拉:19 世纪巴厘剧场国家〉——文化的文本式阐释的一个范例》,《西北第二民族学院学报(哲学社会科学版)》2008 年第 2 期。
[17] 刘燕:《“印象”的危机——谈“印象系列”山水实景剧视觉机制对传统审美的消解》,“传播与中国 · 复旦论坛”论文,上海,2008 年。
[18] 王培茗:《论民俗文化旅游产品的艺术真实性》,《贵州民族研究》2008 年第 5 期。
[19] 张国龙、谢真元:《试论藏戏〈文成公主〉与元杂剧〈汉宫秋〉异质的文化心态》,《民族文学研究》2008 年第 1 期。
[20] 张一兵:《消费意识形态:符码操控中的真实之死——鲍德里亚的〈消费社会〉解读》,《江汉论坛》2008 年第 9 期。
[21] 周平:《我国的边疆与边疆治理》,《政治学研究》2008 年第 2 期。
[22] 陈奇佳:《文化输出和国家形象的塑造》,《江苏行政学院学报》2009 年第 2 期。
[23] 范文艺、覃德清:《旅游中的民族文化整合与传承——以阳朔“印象 · 刘三姐”为例》,《广西民族研究》2009 年第 2 期。
[24] 韩震:《论国家认同、民族认同及文化认同——一种基于历史哲学的分析与思考》,《北京师范大学学报(社会科学版)》2010 年第 1 期。
[25] 李翠芳:《汉族作家视野中的西藏文化想象》,《青海民族大学学报(社会科学

版）》2010 年第 2 期。
[26] 马翀炜、马骏：《文化品牌与民族地区文化产业发展》，《广西民族研究》2010 年第 1 期。
[27] 麻国庆：《身体的多元表达：身体人类学的思考》，《广西民族大学学报（哲学社会科学版）》2010 年第 3 期。
[28] 王家骏：《藏区的经幡》，《资源与人居环境》2010 年第 5 期。
[29] 赵毅衡：《符号、象征、象征符号，以及品牌的象征化》，《贵州社会科学》2010 年第 9 期。
[30] 邹广文、孙爱云：《试论当代人文精神的价值建构》，《北方论丛》2010 年第 1 期。
[31] 陈麦池、黄成林、张静静：《论旅游演艺的文化体验性与原真性》，《旅游研究》2011 年第 4 期。
[32] 高新才、闫磊：《民族地区文化资源开发路径的实证分析》，《东岳论丛》2011 年第 5 期。
[33] 靖桥、盖海红：《原生态与善本再造——论“非遗”文化的传承保护与发展》，《河北学刊》2011 年第 2 期。
[34] 王野、杨辉强：《游客对〈印象 · 刘三姐〉的本真性评价》，《中国外资》2011 年第 8 期。
[35] 阳宁东、刘韫：《符号化生产在民族旅游舞台表演中的运用——以九寨沟藏羌歌舞表演〈高原红〉为例》，《西华大学学报（哲学社会科学版）》2011 年第 6 期。
[36] 常如瑜、焦勇勤：《自然的错位与精神的缺失——山水实景演出〈印象 · 海南岛〉的文化分析》，《海南广播电视大学学报》2012 年第 1 期。
[37] 熊黎明：《民族舞蹈艺术舞台展演文本的符号叙事——以〈云南映象〉为例》，《云南艺术学院学报》2012 年第 1 期。

[38] 徐颃:《视觉隐喻：抵抗舞蹈身体表达异化的策略》,《北京舞蹈学院学报》2012年第2期。
[39] 曹国宁:《论文成公主入藏和亲的历史贡献》,《河西学院学报》2013年第3期。
[40] 尕藏才旦:《再论文成公主进藏对汉藏文化交流的促进及其精神的延续》,《西藏大学学报（社会科学版）》2013年第4期。
[41] 关凯:《反思“边疆”概念：文化想象的政治意涵》,《学术月刊》2013年第6期。
[42] 刘强:《藏族锅庄舞的文化底蕴及价值研究》,《大舞台》2013年第9期。
[43] 肖美鹿:《民族的记忆 大型原创舞剧〈文成公主〉赏析》,《中国戏剧》2013年第12期。
[44] 许小娟:《〈文成公主〉实景演出 拉萨“文化兴市”的新名片》,《西藏艺术研究》2013年第2期。
[45] 季汝甜:《从〈印象·丽江〉看原生态文化的审美现代化模式》,《美与时代（上）》2014年第3期。
[46] 林宁:《从〈文成公主〉看藏戏的优美转身》,《四川戏剧》2014年第7期。
[47] 任旭彬:《〈印象·刘三姐〉的符号意义解读》,《长江师范学院学报》2014年第3期。
[48] 杨宁宁:《原生态与时尚元素的两难抉择——从彩调剧〈刘三姐〉到〈印象·刘三姐〉》,《中央民族大学学报（哲学社会科学版）》2014年第1期。
[49] 张继文:《从现存若干文物文献看文成公主入蕃对唐蕃经济文化的影响》,《哈尔滨学院学报》2014年第8期。
[50] 崔粉亚:《浅析拉萨藏民族的煨桑仪式》,《大众文艺》2015年第13期。
[51] 靳坤:《浅析中原文化在吐蕃的传播影响——以文成公主和亲为例》,《四川民族学院学报》2015年第4期。
[52] 李广宏、王连明、杨洁:《山水实景演出之旅游原真性研究——以〈印象·刘

三姐〉为例》,《北京第二外国语学院学报》2015 年第 3 期。
[53] 罗旦:《评大型史诗实景歌舞剧创作理念及其艺术特色——以〈文成公主〉为例》,《西藏艺术研究》2015 年第 1 期。
[54] 王惠琇:《从〈又见平遥〉透析晋商文化》,《大众文艺》2015 年第 7 期。
[55] 王新平:《藏族煨桑仪式的宗教文化内涵》,《中国宗教》2015 年第 6 期。
[56] 刘仁庆:《文成公主对造纸的贡献》,《造纸科学与技术》2016 年第 5 期。
[57] 曾一果:《历史叙事与艺术创作的结合——读电视剧剧本〈松赞干布与文成公主〉》,《中国文艺评论》2016 年第 7 期。
[58] 郑萌:《透视性舞台调度研究的理论依据》,《北京舞蹈学院学报》2016 年第 3 期。
[59] Getz D.,"Special events: defining the product", *Tourism Management*, No. 2, 1989.
[60] Woolf S., *Nationalism in Europe, 1815 to Present: A Reader*, New York: Routledge, 1996.
[61] Getz D.,"Event management & event tourism", *Annals of Tourism Research*, 1997.
[62] Peter DunbarHall,"Culture, Tourism and Cultural Tourism: Boundaries and frontiers in performances of Balinese music and dance", *Journal of Intercultural Studies*, vol 22, No. 2, 2010.

四、报纸

[1] 杨正林:《精心组织 打造中国一流文化品牌》,《西藏日报》(拉萨)2012 年 11 月 3 日第 2 版。

[2] 郝时远:《习近平民族工作思想述论》,《中国民族报》2017年7月7日第5版。

五、学位论文

[1] 陈笑鸥:《藏族的色彩审美和藏族文化》，硕士学位论文，兰州大学，2007年。
[2] 刘浈:《论〈云南映象〉的“原生态”文化内涵与理论意蕴》，硕士学位论文，广西师范大学，2007年。
[3] 赵伟:《〈印象·刘三姐〉的审美历史逻辑与文化语境分析》，硕士学位论文，广西民族大学，2008年。
[4] 陈由歆:《话语权力的再生产——〈红岩〉的成型过程及改编研究》，博士学位论文，河南大学，2010年。
[5] 韦湘云:《“印象·刘三姐”与社区经济文化变迁：以木山村为例》，硕士学位论文，广西民族大学，2011年。
[6] 徐娟:《论“云南映象”的美学特征》，硕士学位论文，四川师范大学，2012年。
[7] 尼玛央宗:《论藏传佛教经幡的文化特点及宗教功能》，硕士学位论文，中央民族大学，2013年。
[8] 杨佩侠:《谈叙事歌曲〈文成公主〉的音乐形象塑造》，硕士学位论文，山西大学，2013年。
[9] 陈琦:《〈文成公主〉实景剧电子票务系统的设计与实现》，硕士学位论文，电子科技大学，2014年。
[10] 胡中良:《吐蕃前期王室政治婚姻研究》，硕士学位论文，兰州大学，2015年。

后　记

该书是在我的博士学位论文的基础上完成的，从博士毕业到该书的出版，已经过去了整整6年。在这6年中，我完成了很多事，也遇到了很多人，收获了太多的帮助，这里一并感谢。6年之后再回看，虽文墨稚嫩，但依旧往事在目。还记得去西藏做调研的时候，我孤身一人住在拉萨的小宾馆里，体会了一遍高反的所有症状，从轻微的头晕、呕吐到流鼻血、心脏早搏，以至于在田野工作完成的半年后，我被学校校医院的医生直接送去了阜外医院，经过了半年的治疗才勉强恢复健康。即使是这样，当年的我依旧能用双脚踏遍整个拉萨老城，翻山越岭、走街串巷地做访谈，现在想来真是要感谢自己当年的一腔热忱和顽强的生命力，使我能够顺利完成田野工作。

在美丽幽雅的民大校园里，我度过了生命中无比珍贵的几载年华。还记得2014年的秋天，我以民族学博士研究生的身份踏进了这所校园，开启了真正意义上的学术生涯。2018年我完成了论文和学业，在这几年里，不仅知识和能力得到了提升，更收获了宝贵的人生财富！回想起一路走过的历程，既艰辛又快乐，几载的成长和进步若仅凭一己之力是不可想象的，感激之情不禁油然而生。

首先要感谢的是我的博士导师李丽教授。本书的顺利完成离不开李老师的悉心指导。同时也要感谢师公秦永章老师，几年来秦老师于学术上给予我太多的关照与教导。从选题、开题、写作到最后定稿的各个环节，无不倾注了两位老师的大量心血。几年来，不仅在科学研究上得到了系统训练，而且还亲身领略到了导师的大家风范，特别是导师高尚的人格、渊博的学识、严谨的治学态度、敏锐的洞察力、不懈探索的精神、诲人不倦的师德，以及谦和的为人处事方式，都令我受益良多，这成为我一生受之不尽的宝贵财富。一日为师，终身为父！谨此向两位恩师致以最衷心的感谢！

感谢我的硕士导师战肃容教授与已故师公李瑞林教授。多年来，两位老师一直在关心、支持、鼓励着我，我的成长和进步无不渗透着老师们的殷切期望，两位老师不仅对我有授业之恩，而且还在我需要帮助、感到困惑之时为我指点迷津。李瑞林教授在弥留之际还在关心着我的学业与事业，每每忆起总是不禁湿了眼眶。师恩似海，永世不忘！在此表示深深的谢意！

感谢我的博士后导师江东研究员。在博士毕业后，我投身中国艺术研究院音乐与舞蹈学博士后流动站，正式成为“江门”的一分子，这让在民族学领域中探索多年的我终于完成了向舞蹈学的“回归”，即以他学科的视角重新认识了舞蹈，重新认识了这片我曾经无比熟悉、却又常常“不识庐山真面目”的沃土。在此期间我在学术与精神上都受到了无比强烈的震撼和鼓舞，江东研究员广阔的视野、深厚的学术功底，带领我一步步走进舞蹈学理论研究的核心阵地，使我能够以舞蹈学到民族学再到舞蹈学的独特视角来重新审视舞蹈艺术。在此表示深深的感谢！

此外，本书在撰写过程中得到诸多教授与学者的帮助。感谢中央民族大学民族学与社会学学院的吴楚克教授、刘明新教授、王建民教授、施琳教授、色音教授，舞蹈学院的苏自红教授，北京舞蹈学院的邓佑玲教授、王昕副教授，解放军艺术学院（现国防大学军事文化学院）的马承魁教授等。诸位老师在本书的撰写过程中给予了我极大的帮助与指点。本书得以完成离不开诸位老师的教导与提点，再次致以深深的感谢！

感谢拉萨市委宣传部顾主任以及拉萨市城关区的诸位领导、白茇导演、文成公主剧组的每一位演职人员、拉萨新华社张京品记者等，得益于你们的帮助，我的田野调查才得以顺利开展，感谢你们对我科研工作的鼎力支持！

何秋野

2023 年 4 月